TUDO O QUE NÃO SOU

SARA MULLINS

Tradução por
JULIANA CHIAVAGATTI GRADE

Para meu amado marido, David, e filhos, Carter e Levi. Seu amor e apoio significam o mundo para mim.

Eu também gostaria de dedicar isso àqueles que perdemos para a Covid-19 e suas amáveis famílias.

AGRADECIMENTOS

Muito obrigada ao meu marido, David, e filhos pela paciência e encorajamento. Esta jornada é especial para mim porque posso compartilhá-la com todos vocês.

Para minha irmã, Carey. Obrigada por ser minha primeira leitora e fornecer seus comentários. Agradeço sua ajuda e honestidade.

À equipe da Next Chapter Publishing, por seu apoio. Sou grata pela oportunidade que me deram.

CAPÍTULO 1

Os quatro pés minúsculos de um rato gordo correram através de uma calça de flanela. A mulher que a usava estava deitada em uma laje de concreto. Suas pálpebras se contraíram quando a sensação de cócegas começou a acordá-la. Ela abriu os olhos lentamente, apenas o suficiente para deixar entrar um pouco de luz nebulosa. Suas íris rolaram para frente e para trás por um momento. Ela cerrou as pálpebras com força, então levantou a cabeça do chão e abriu os olhos completamente.

Quando ela recuperou a consciência, a realidade à sua volta começou a se estabelecer. A fita adesiva em sua boca restringia sua respiração acelerada. Seus olhos finalmente começaram a focar. Ela olhou para o rato, que fez uma pausa em sua jornada, e tentou soltar um grito com o que viu. Seus tornozelos haviam sido amarrados, mas ela fez o melhor que pôde para chutar as pernas. Ambos os braços estavam amarrados atrás das costas. Ela lutou para se mexer, até que, com dificuldade, conseguiu colocar o corpo em uma posição sentada.

A mulher respirou fundo várias vezes pelo nariz enquanto olhava ao redor da sala. Lágrimas frias rolaram por suas bochechas trêmulas. Ela não conseguiu distinguir muitos detalhes. Apenas um feixe de luz entrava em uma pequena janela perto do teto. Não parecia haver muito na sala além de algumas prateleiras na parede mais próxima e uma cadeira quebrada descartada no canto. Um cheiro horrível de mofo pairava no ar. Além dos barulhos de arranhões dos roedores e do gotejar distante de água, a sala estava assustadoramente silenciosa.

Ela sentou sozinha no escuro, pensando, tentando criar uma estratégia. A única coisa que ela conseguiu pensar em fazer foi ir até as prateleiras para tentar encontrar algo, qualquer coisa, que pudesse ajudar em sua situação. Ela usou os calcanhares e as nádegas para deslizar pelo chão empoeirado até se aproximar das velhas prateleiras de madeira. Não havia muito na prateleira inferior, a não ser um velho par de sapatos e uma caixa de papelão. Ambos pareciam estar ali há uma década. A próxima prateleira era um pouco mais promissora. Quatro frascos de vidro alinhados. Eles também pareciam estar lá há muitos anos. Ela ergueu as sobrancelhas, esperançosa de que um frasco quebrado pudesse ajudar com a fita. Se ela conseguisse derrubar um.

O silêncio foi interrompido de repente. Passos faziam as tábuas de madeira acima de sua cabeça rangerem. Nuvens de poeira caiam a cada passo. A mulher parou de se mover, sua frequência cardíaca acelerou e sua respiração tremeu. Ela ouviu fazendo o menor barulho possível enquanto os passos iam de um lado da sala até o outro. Tudo ficou quieto novamente, mas apenas por um momento, até que ela ouviu as chaves. Um cadeado estava sendo empurrado em uma porta que ela não podia ver. Outra lágrima escorreu por seu rosto enquanto ela esperava a porta abrir.

Reagan engasgou e sentou-se rapidamente no sofá da sala de estar. Seu coração batia tão forte que ele podia senti-lo na garganta. Ela respirou fundo e levou a mão ao peito, grata por estar em casa. Ela olhou para o relógio e balançou a cabeça. *Quando adormeci?* As reclamações de uma adolescente eram escutadas através de toda a casa. Reagan levantou-se e andou pelo corredor. Aproximou-se da porta da adolescente infeliz com cautela.

Uma por uma, as camisas que compunham o guarda-roupa de Emma eram retiradas do armário e devolvidas com fúria. Ela puxou outro cabide e segurou a blusa contra o peito, se olhando no espelho. Finalmente satisfeita com o que viu, ela vestiu a camisa e examinou todos os ângulos possíveis no espelho.

"Onde você está indo?" A mãe dela perguntou da porta.

"Vou sair," Emma resmungou sem tirar o olhar do espelho. Ela pegou um par de sapatos do armário e os calçou. O olhar intenso da mãe praticamente a obrigou a olhar para cima. "O quê?"

Reagan tentou permanecer séria, mas ela suspeitava que a preocupação que a consumia começava a transparecer em sua expressão. "Eu só..."

"Mãe, eu não te entendo. O que tem contra o Evan? Eu gosto dele. Ele gosta de mim. Você vai me questionar toda vez que eu quiser ver ele?"

"Não, é só... Eu me preocupo com você, só isso," Reagan respondeu.

"Por quê? Porque ele tem dezoito anos?"

"Isso, e você tem dezesseis, Emma. Ele acabou de se formar. Ele vai para a faculdade em breve."

"Eu sei, mãe. É só isso?" Emma retrucou.

"Bem, para ser honesta com você, eu não gosto de como ele fala com você. Ele é um pouco arrogante e controlador."

Emma balançou a cabeça e olhou para o teto. "Ele se preocupa comigo! Você é inacreditável. Você acha que sabe tudo..."

"Pare com isso, Emma! Já chega. Não se fala com a própria mãe assim. Sinto muito por questioná-la, mas só estou fazendo isso porque me importo com você. Eu não quero que se machuque," Reagan disse, abaixando a cabeça.

Emma revirou os olhos e olhou de volta para sua mãe. Ambas permaneceram em silêncio, digerindo as palavras uma da outra até Reagan pensar no que dizer. Emma começou a mexer nas unhas, como se esperasse pelo próximo sermão.

"Eu já te disse como seu pai e eu nos conhecemos?" Reagan perguntou.

"Vocês se conheceram no shopping, certo?"

"Sim, mas há mais do que isso. Eu era uma garota muito tímida. Não tinha muitos amigos nem muita confiança em mim mesma. Então eu conheci seu pai e, a princípio, não achei que ele pudesse gostar, e muito menos amar, alguém como eu. Mas depois do que ele fez por mim, eu sabia em meu coração que ele me amava."

"O que ele fez?" Emma perguntou.

"Bem, eu posso te contar, mas só se você tiver tempo para sentar e conversar com sua mãe."

Emma olhou para seus sapatos e sorriu, antes de olhar para cima. "Acho que podemos conversar um pouco. Quer dizer, na verdade eu não preciso sair antes das seis, de qualquer maneira."

"Por que você estava se arrumando tão cedo?" Reagan perguntou.

"Eu não sei. Acho que estou entediada," respondeu Emma.

A mãe riu e se aproximou da filha. "Bem, venha sentar comigo. Eu deveria começar do inicio."

CAPÍTULO 2

O Shopping Center Greenbriar era o único de Newbrook, Ohio, e o único lugar na cidade onde Reagan poderia trabalhar naquela época. Ela ainda não havia utilizado sua educação universitária e não tinha nenhuma vontade de fritar hambúrgueres. Ela já havia passado dois anos tentando planejar o que fazer com seu diploma em Artes e Administração desde que o havia recebido. Agora ela estava começando a questionar por que havia escolhido aquele curso. Afinal, é difícil seguir uma carreira em artes.

No entanto, Reagan não era a única enfrentando dificuldades, . A última década havia trazido um declínio econômico constante para a pequena cidade do meio-oeste, e seus fiéis cidadãos estavam começando a sentir o impacto. Reagan se considerava sortuda por ter um emprego. Ela tinha um apartamento e um carro, nenhum dos dois estava em perfeitas condições, mas cumpriam a necessidade.

Nesta manhã de Dezembro, o frio da rua havia congelado o para-brisas. No início, ela esperou pacientemente no banco do motorista até que o carro esquentasse. Mas, eventualmente, ela cedeu ao desejo e usou um aditivo limpador de para-brisa e panos para acelerar o processo. Embora ela não gostasse muito de ir para o trabalho, gostava de dirigir nesta época do ano. A cidade que poderia parecer tão monótona às vezes, encontrava uma maneira de ficar bonita quando decorada com luzes de Natal. Quase a convencia de que as coisas iam melhorar.

Sua vida tinha sido bastante monótona até aquele ponto. Ela era filha única e, ainda por cima, tímida. Seus pais sempre a apoiaram e eram invisíveis para o resto da cidade. Eles viviam a vida típica de classe média: não tinham mansão e ou uma piscina extravagante, mas eles seus carros funcionavam, tinham um teto sobre suas cabeças e comida na mesa. Reagan se formou no ensino médio com a terceira maior nota média de sua classe e algumas amizades que certamente durariam para toda a vida. Seu baile de formatura foi uma noite de garotas para ela e duas amigas. Foi divertido, mas talvez não o que alguém pensa quando imagina o baile.

Agora, ela morava a duas horas de distância de sua casa de infância, tentando viver a vida de uma jovem independente que deixou o ninho e começou sua própria vida glamorosa. A verdade, porém, era que Reagan ainda estava esperando o glamour. Perdida, solitária e prestes a se mudar de volta para casa, ela estava perdendo a ambição de seguir o sonho que a deixou endividada.

Reagan entrou no shopping e foi até Katie, a pequena loja de roupas que pagava seu salário a cada duas semanas. Ela trabalhava com o mesmo grupo de meninas de segunda a sexta-feira, mas apenas Jen parecia notá-la. As outras geralmente eram consumidas por pensamentos sobre maquiagem ou sobre o episódio que seria exibido naquela noite. Desnecessário dizer que Reagan não ficou nada surpresa quando entrou na loja e viu Beth, Tina e Valerie fofocando sobre o último término da cidade. Todas elas olharam para Reagan quando ela passou, então voltaram para a conversa com sorrisos sincronizados.

Jen já estava na sala de descanso, tentando enfiar o casaco no armário. Ela dobrou a manga três vezes, depois tentou fechar a porta.

"Ai... meu... Deus. Que merda!" Jen gritou para a porta de metal. Ela ergueu a cabeça a ver a sombra de Reagan. "Droga, você me assustou," disse Jen, apertando o peito.

"Desculpa, foi sem querer," Reagan disse suavemente.

"Tudo bem. Está animada para outro dia neste buraco do inferno?"

Reagan soltou uma risada. "Sim, mal posso esperar."

"Do que as garotas estão falando dessa vez? Eu posso ouvi-las daqui."

"Não tenho certeza, mas parecia outro término."

"Jesus, dá um tempo. Quantas pessoas elas conhecem nesta cidade?" Jen disse.

"Muito mais do que eu, eu acho."

"Tudo bem, é melhor para você. A maioria das pessoas são idiotas."

Reagan sorriu e abriu seu armário. Ela estava acostumada com o pessimismo de Jen, ou talvez fosse realismo. Fosse o que fosse, Jen havia desenvolvido uma espécie de atitude do tipo "você que se dane" em relação ao mundo. Aparentemente, ela havia sido uma pessoa completamente diferente quando adolescente. De acordo com Jen, ela era tímida e obediente, muito longe da nova versão rude e dura que Reagan conhecia. Reagan simplesmente presumia que ela havia se cansado de tentar ser perfeita o tempo todo.

As duas caminharam até a loja para se prepararem para o dia. As outras meninas começaram a dobrar as roupas e se endireitar. Reagan foi para uma caixa registradora e Jen estava na outra. A gerente, Angie, geralmente as colocava assim. Era a configuração perfeita para utilizar seus pontos fortes. Claro, elas estavam todas satisfeitas com essa organização. Angie, mesmo sendo apenas alguns anos mais velha que o resto delas, era bem experiente. Ela começou a trabalhar na loja enquanto estava no colégio e continuou por mais tempo do que a maioria das funcionárias.

Depois de algumas horas em seu turno, Reagan falou com Jen para se certificar de que ela ficaria bem sozinha por alguns minutos. Ela voltou para a sala de descanso e desabou em uma das cadeiras da mesa. Seus pés estavam gratos pelo tempo livre. Por algum motivo, a loja estava excepcionalmente vazia, considerando a época do ano. Esta parecia ser a oportunidade perfeita para relaxar e comer algo rápido.

Claro, seu momento de paz durou pouco já que Tina decidiu fazer uma pausa ao mesmo tempo. Reagan ergueu os olhos do sanduíche quando ela entrou pela porta, fazendo contato visual desconfortável. Tina rapidamente ergueu o nariz e foi até a geladeira. Reagan continuou a comer e ler sua revista em silêncio, até que o som estridente do telefone de Tina encheu a sala. Reagan saltou um pouco em sua cadeira com o barulho repentino.

"Olá?" Tina atendeu. "Estou no trabalho, Derek, eu te disse isso." Ela começou a rir e girou o cabelo entre os dedos. "Sim, veremos isso mais tarde." Ela riu novamente e olhou para Reagan, que olhou para cima por apenas um momento. "Não posso falar agora, te ligo mais tarde... Sim, eu ouço você... Ok, estou te ouvindo... Te vejo à noite."

Tina balançou a cabeça e fechou a porta da geladeira antes de se virar para Reagan. Ela sentiu os olhos de Tina sobre ela, mas continuou a ler sua revista de mesmo assim.

"Isso se chama namorado, Reagan. Talvez você devesse tentar conseguir um, em vez de ler sobre um o tempo todo," Tina disse.

"Eu não me importo mesmo com o que você pensa," respondeu Reagan.

"Que seja, você é tão estranha." Tina revirou os olhos e saiu com sua água.

Poucos minutos depois, Reagan decidiu voltar para assumir o lugar de Jen. Ela ignorou as outras garotas no caminho pela loja e voltou para a caixa registradora. "Estava cheio?" Ela perguntou.

"Não, na verdade não."

"Eu cuido disso, se você quiser ir agora."

"Obrigada, amiga. Eu já volto," disse Jen.

"Sem pressa."

Jen desapareceu nos fundose, tal como ela disse, quase não havia clientes na loja. Uma mulher estava na seção masculina com sua filha, procurando por calças do tamanho ideal. Algumas meninas do ensino médio olhavam os suéteres, deixando-os desdobrados quando terminaram. Beth e Valerie ficaram de lado, balançando a cabeça em desgosto, sabendo que teriam que dobrá-los novamente.

Reagan olhou para a livraria do outro lado do corredor pela porta da frente. Ela tinha inveja dos clientes lá de dentro. Para eles, era normal tomar café e ler uma boa história. Um casal de crianças estava sentado no chão folheando as páginas de um livro pop-up enquanto a mãe examinava a seção de romance. Reagan havia caído em um devaneio, mas não durou muito.

Um trio de caras de repente bloqueou sua visão da livraria enquanto passavam pela porta. Os dois primeiros caminhavam lado a lado, ainda rindo de algo que havia acontecido no corredor. Ambos estavam bem vestidos e caminhavam com confiança. Eles eram difíceis de distinguir, exceto pela cor de suas camisas. O terceiro homem seguia atrás, sorrindo com as ações engraçadas dos outros dois. Ele era o mais alto do grupo e usava uma camiseta simples e jeans. Seu cabelo era escuro e bagunçado, e seus olhos eram da cor de chocolate ao leite. Ele entrou na loja sem parecer ter uma preocupação no mundo, com as mãos nos bolsos.

Reagan o observou enquanto o grupo serpenteava em direção às roupas masculinas. Algo sobre ele a atraiu. Ele não era nada parecido com o tipo de cara com quem ela costumava se dar bem. Normalmente, os populares a consideravam invisível, e ela se contentava com isso, contanto que ela não fosse feita de chacota. Ela havia tentado evitar as crianças descoladas durante toda a sua infância e havia carregado essa atitude para a vida adulta. Eles não apenas costumavam trata-la como lixo, mas ela também acreditava que era uma perda de tempo tentar conversar com eles. Essa suposição era uma rede de segurança para ela e tendia a valer a pena.

O cara que ela estava observando afastou-se dos outros dois por um momento. Para sua surpresa, sua postura pareceu mudar um pouco quando ele ficou sozinho. Ele pegou a camisa verde pendurada na prateleira à sua frente e a observou. Depois de aparentemente mudar de ideia, ele a colocou de volta e parou por um momento. Seu olhar intenso deve ter começado a chamar a atenção. Ele se virou e olhou por cima do ombro, encontrando os olhos de Reagan sobre ele. Ela imediatamente sentiu suas bochechas aquecendo e voltou os olhos para a caixa registradora, na esperança de disfarçar. Ele a observou por um momento, mas foi tudo o que conseguiu. Valerie o tinha visto do outro lado da sala e decidiu fazer o que ela fazia de melhor... Flertar.

"Ei, Jackson," sua voz estridente gritou. "Nunca vi você aqui antes."

"Bem, deve ser porque eu geralmente não faço compras aqui. Estávamos só dando uma volta por aí, enrolando. Eles entraram e eu fui junto." Ele olhou para ela por apenas um segundo, depois de volta para a prateleira.

Valerie deu uma risadinha. "Então como você tem estado? Faz quanto tempo, tipo, cinco anos?"

Ele deu a ela o que parecia ser um sorriso forçado. "Sim, algo assim."

Ela não percebeu o desinteresse dele, então continuou.

"Posso ajudá-lo a encontrar algo?"

Reagan assistia da caixa registradora e revirou os olhos para a exibição patética de Valerie. Ela tinha visto as meninas em ação antes, mas era igualmente ridículo cada vez que acontecia.

"Estou bem, sério. Obrigado, no entanto, uh..." ele hesitou.

"Valerie, lembra?"

"Sim, isso. Desculpe, às vezes tenho uma péssima memória."

Reagan riu alto, depois pigarreou e olhou para os panfletos no balcão, esperando passar despercebida. Jen caminhou atrás dela bem a tempo.

"Do que você está rindo?"

"Nada. A Valerie não muda," respondeu Reagan.

Jen olhou para Valerie, que estava tentando desesperadamente fazer mais uma pergunta. "Que patético. Ela acha que todos os homens vão se curvar a ela, não é?"

"Parece que sim."

Reagan conversou com Jen e encontrou trabalho para fazer, mas continuava olhando para Jackson. Valerie havia se afastado e agora estava conversando com as meninas do outro lado da loja. Reagan só podia imaginar a história exagerada que ela estava contando sobre o cara bonito do colégio.

Jackson finalmente havia escolhido uma camisa e estava esperando pacientemente que seus amigos terminassem de olhar a loja. Ele se encostou à parede, mas pelo menos uma parte de seu corpo estava sempre em movimento. Sua inquietação levou a melhor e ele começou a andar. Ele encaminhou-se para os equipamentos de inverno, então notou Valerie observando-o novamente. Uma expressão de pânico tomou conta de seu rosto e ele deu meia-volta. Então ele fez algo que Reagan não esperava: ele olhou diretamente para ela. Ela se forçou a olhar de volta para ele, da maneira mais estranha possível. Seus dentes superiores e inferiores beliscaram seu lábio inferior. Ele caminhou até a caixa registradora e colocou a camisa no balcão.

"Mais alguma coisa?" Ela perguntou a ele.

"É só isso."

Reagan passou a etiqueta pelo leitor de código de barras. "Vinte e um dólares e oitenta e sete centavos, por favor." Ela dobrou a camisa e a enfiou em uma sacola, enquanto ele passava o cartão. "Você quer que eu coloque o recibo na sacola?"

"Claro, tudo bem."

Ele olhou para seus amigos. Eles continuavam a olhar as mesmas camisas que olhavam há cinco minutos.

"Obrigada," disse Reagan, entregando-lhe a sacola.

"Então, você trabalha aqui há muito tempo?" Ele perguntou baixinho.

"Eu?"

Ele sorriu. "Sim."

"Um pouco mais de um ano, eu acho," ela respondeu.

Jen observava discretamente pelo canto do olho.

"Que legal. Qual é o seu n..." ele começou, mas foi interrompido por seus amigos.

"Jackson, já acabou?" O cara de azul perguntou.

"Se eu acabei? Vocês ficaram parados por tipo, quinze minutos, e não vão comprar nada?" Jackson perguntou.

"Nah, eu não gostei de nada."

Jackson riu. "Tudo bem, cara, estamos indo." Ele olhou para Reagan por um momento.

Seus amigos notaram seu olhar. Eles olharam na direção dela, depois de volta para ele. Um sorriu e o outro, sem jeito, tentou não rir.

"Cara, vamos lá," disse seu amigo de cinza.

"Tudo bem, droga," respondeu Jackson. Ele olhou para ela uma última vez, então seguiu seus amigos para porta afora.

Jen esperou até que a barra estivesse limpa antes de se virar para Reagan. "E quem era aquele?" Ela perguntou.

"Eu não faço ideia."

"Ele parecia interessado em você."

"Não. Ninguém *nunca* está interessado em mim," Reagan disse, balançando a cabeça.

"Eu acho mesmo que ele estava. Os amigos simplesmente estragaram tudo para ele, só isso."

Reagan riu. "Jen, confie em mim. Os caras não prestam atenção em mim. Eles nunca prestaram. Eu sou... Sou comum."

"Ei, você não é comum. Você é real. Não é porque você não fica se montando para os caras o tempo todo que você é comum.

Os caras legais, aqueles que valem a pena, verão isso. Eles não querem garotas falsas," Jen encorajou.

"Você acha?"

"Ah, sim. Pergunte a qualquer um. Exceto elas, é claro," disse ela, apontando para as meninas.

Reagan riu e olhou para os sapatos. "Valerie tentou falar com ele, mas ele meio que a ignorou. Foi hilário."

"Viu? É disso que estou falando."

"Tudo bem, eu acredito em você. De qualquer forma, não tenho ideia de quem ele é. Além do fato de que ela disse o nome dele. O que significa que o único cara que talvez tenha se interessado por mim foi embora e eu não sei quem ele é. Isso é ótimo," disse ela.

"Mas ele sabe onde você está" Jen respondeu.

Reagan assentiu e elas voltaram ao trabalho.

No caminho para casa, o céu escureceu e a temperatura manteve-se em três graus negativos, como havia estado o dia todo. As rajadas já haviam começado a cair no início do que se esperava ser uma nevasca significativa. Claro, o que o pessoal de Newbrook considerava uma queda de neve significativa era de pelo menos 15 centímetros, caso contrário, não havia o porquê se preocupar. Reagan não teve problemas com as previsões de precipitação. A neve era calmante para ela. Havia uma paz associada àquilo que ela não conseguia comparar com qualquer outra coisa. Talvez fosse por causa do tanto que ela havia se divertido de trenó quando criança ou os dias de neve em que ela não precisou ir encarar a escola. De qualquer forma, aos vinte e quatro anos, a neve era um consolo.

Quando ela chegou em casa, ela vasculhou o armário, tentando resolver o que comer no jantar. Uma lata de sopa de macarrão com frango era decididamente a escolha perfeita para o clima. Ela se aninhou no sofá com sua sopa e seu livro mais novo – que ela tinha acabado de começar naquela segunda-feira. O pensamento sobre seu dia no trabalho e sua breve interação com Jackson cruzou sua mente. Ela olhou para o livro em suas mãos e se perguntou se a maioria das mulheres de sua idade estava levando uma vida mais estimulante. Então, Reagan se lembrou do que Jen havia dito e aquilo lhe trouxe esperança. Ouvir tal coisa de outra pessoa que não seus pais era de fato um reforço de confiança.

CAPÍTULO 3

No dia seguinte, Reagan decidiu visitar a biblioteca. Ela havia terminado o livro de romance que estava lendo na noite anterior. A mulher que trabalhava no balcão já esperava que ela viesse todos os sábados de manhã. A essa altura, ela estava praticamente pronta para receber uma chave para a porta de entrada.

"Bom dia, Reagan," disse a mulher.

"Bom dia, Donna."

"Então... foi bom?" perguntou Donna.

Reagan sorriu e caminhou até o balcão. "Foi tão bom. Eu quase não acreditei na maneira como ele a pediu em casamento."

"Eu sei, eu chorei. Não é patético?"

"Não, não se sinta mal. Eu choro o tempo todo quando leio romance." Reagan riu e deslizou o livro para Donna.

"Sabe, Mary está falando em se aposentar em breve. Você deveria se candidatar quando ela sair," Donna disse.

"Você acha?"

"Ah é, este seria o trabalho perfeito para você. Caramba, você está aqui mais do que eu às vezes."

"Qual é, isso não é verdade." Reagan parou por um segundo enquanto Donna ergueu sua sobrancelha direita. "Ok, meio que é verdade, mas você me culpa? Moro sozinha, tenho um trabalho que não gosto e dois diplomas parados. Não tenho ideia do que estou fazendo ou do que vou fazer. Então, eu preencho o vazio com livros e filmes. E esse é o resumo da minha vida solitária."

"Uau, isso é triste, querida. Desculpe, não estava tentando incomodá-la. Achei que você gostaria de saber, caso esteja pelo menos interessada em mudar de emprego," disse Donna.

"Não, você está certa. Seria um bom começo para fazer uma mudança. Avise-me quando ela decidir se aposentar e eu me candidatarei," respondeu Reagan.

"Pode deixar."

Reagan encontrou um novo livro para ler e parou novamente para ver Donna antes de sair pela porta. Ela entregou seu cartão da biblioteca e esperou que Donna fizesse seu trabalho.

"Aqui está, querida. Aproveite," disse Donna.

"Tenho certeza que vou," Reagan respondeu.

"Vejo você no próximo sábado," acrescentou Donna.

Reagan acenou com a cabeça. "Até mais."

Ela se virou e saiu pela porta, lendo a parte de trás do livro. Ela não prestou muita atenção ao seu redor enquanto caminhava pela calçada. Essa rotina de sábado de manhã havia se tornado uma parte essencial de sua vida. Felizmente, seu apartamento ficava a apenas alguns quarteirões da biblioteca, sendo a oportunidade perfeita para fazer exercícios. Ela deu outra volta em seu cachecol na tentativa de se proteger do ar frio. Na maior parte do tempo, a pequena cidade era tranquila àquela hora do dia. O som do sal sendo esmagado sob suas botas era interrompido apenas pelo ocasional carro que passava.

Ela folheou o romance e começou a lê-lo enquanto caminhava. Em seguida, o som de suas botas esmagando o sal foi acompanhado pelo som de outro par de botas. Reagan imediatamente ficou desconfortável. Seu estilo de vida solitário fazia ela se sentir um tanto incomoda quando era abordada por outros seres humanos. Ela não sabia se desacelerava ou acelerava, então decidiu se concentrar nas páginas e seguir em frente.

"Uh, oi?" Uma voz de homem disse atrás dela.

Ela parou e se virou, preparada para pegar o spray de pimenta de sua bolsa se necessário. Reagan olhou para o par de olhos olhando para ela. Ela não tinha esquecido a íris marrom chocolate que olhava para ela.

"Oi," ela disse, quase como se fosse uma pergunta.

"Me desculpe, eu não estava tentando te assustar. Eu vi você sair da biblioteca e pensei..." Ele parou. Ela olhou para ele. Ele estava esperando que ela dissesse algo? Em seguida, ele continuou: "Você trabalha no shopping, certo?".

"Sim," ela respondeu sem outra palavra.

"Achei que fosse você," disse ele. Ela olhou para os polegares cobertos por luvas azuis que não paravam de se mexer. Ele pareceu sentir sua inquietação. "Está tudo bem, eu realmente sinto muito. Eu não deveria ter caminhado atrás de você assim. Eu só queria ter certeza de que teria a chance de dizer algo desta vez." Ele estendeu a mão. "Eu sou Jackson."

Ela sorriu um pouco e mudou o livro para a mão esquerda antes de oferecer a direita. "Reagan."

"Reagan? Eu gosto desse nome," disse ele.

"Obrigada."

"É diferente. Não se ouve muito."

"Bem, diferente é o meu nome do meio," disse ela, rindo.

"Tudo bem. Isso é bom, na verdade. Admiro pessoas que são únicas."

"Você admira?"

"Sim. É tão fácil tentar ser como todo mundo. Mas ser diferente da multidão... bem, isso requer coragem às vezes."

Reagan corou e olhou para suas botas pretas. Ela não sabia o que dizer. Ela não só passava muito pouco tempo conversando com outras pessoas, mas também tinha uma quantidade minúscula de experiência com garotos. Todos aqueles livros de romance que ela havia lido não a haviam preparado para um momento cara a cara com um homem. E ele era um homem bonito.

"É melhor eu ir andando," disse ela. Essas não eram as palavras que ela realmente queria dizer, mas ela estava com muito medo de dizer qualquer outra coisa.

"Ok. Hum, você quer que eu te acompanhe até em casa ou algo assim?" Ele ofereceu.

"Não, tudo bem. Eu só tenho alguns quarteirões pela frente. Obrigada mesmo assim."

"De nada. Vejo você por aí."

"Até mais." Ela se virou e começou a se afastar, franzindo o rosto em nojo de si mesma. *O que há de errado com você, Reagan? Deixe-o andar com você. Por que você tem que ser tão estranha?*

Ela continuou pela calçada, questionando suas habilidades de tomar decisões. Jackson sorriu e enfiou as mãos nos bolsos. Ele olhou para ela uma última vez, então voltou para seu carro, estacionado na loja de ferragens em frente à biblioteca.

Segunda-feira de manhã, Reagan foi trabalhar novamente em mais um dia de compras de Natal. A ideia de ir ao shopping era nauseante. Jen era praticamente a única parte da experiência que ela conseguia aguentar. O trabalho na biblioteca estava se tornando mais atraente a cada hora. Tudo o que restava era esperar as notícias de Donna e continuar trabalhando para receber um salário. Seu objetivo era economizar o máximo que pudesse, na esperança de um dia viver seu sonho. Ela havia escolhido estudar os assuntos que selecionou porque adorava a ideia de abrir uma loja para vender suas obras de arte. Chegar a aquele ponto sem perder a cabeça antes, estava começando a se tornar um desafio.

"Outro dia glorioso," disse Jen a Reagan enquanto enfiavam os casacos nos armários.

"Eu odeio isso," Reagan respondeu instintivamente.

"Eu também mas olhe para o lado bom. Você pelo menos tem uma chance de ter um futuro. Você foi inteligente e foi para a faculdade. Não tenho nada e ficarei presa aqui pelo resto da minha vida..." Jen fez uma pausa enquanto olhava para as meninas na loja. "... com elas."

"Isso não é verdade. Você é tão inteligente e ainda é nova. Você tem muito tempo para descobrir o que quer fazer," Reagan a encorajou.

"Obrigada, amiga. Não sei como explicar. Acho que tenho medo de acordar uma manhã aos quarenta e cinco anos e não ter carreira, vida e família."

Reagan fechou seu armário e o trancou. "Eu realmente acho que vai dar tudo certo. Você está se preocupando demais."

Jen deu de ombros e fechou seu armário também. Ela e Reagan fizeram contato visual por um momento, então Jen falou. "Vamos lá."

Elas ficaram de costas uma para a outra em suas respectivas caixas registradoras, apreciando os últimos cinco minutos de liberdade antes do horário de abertura. Reagan olhou para o relógio algumas vezes, como se isso fosse fazer o tempo passar mais rápido.

"Como foi seu fim de semana, afinal?" Jen perguntou a ela.

"Você sabe, biblioteca, leitura, solidão..." Reagan começou sua resposta usual, então ela fez uma pausa, lembrando-se da única diferença. "Na verdade, aconteceu uma coisa."

"Ah é?"

"Sim, se lembra daquele cara na sexta-feira? Aquele que você disse que gostou de mim?"

"Claro, aquele cara gostoso que estava morrendo de vontade de falar com você?" Jen perguntou.

"Sim, ele. Bem, ele meio que esbarrou em mim do lado de fora da biblioteca no sábado."

"Mesmo?"

"Saí e comecei a andar pela calçada e ele simplesmente apareceu e começou a falar comigo," Reagan disse.

"Uh-huh. Eu sabia que ele gostava de você." Jen pensou por um segundo. "Você acha que ele estava te seguindo?"

"Não, tenho certeza que ele estava somente do outro lado da rua e me viu."

"Oh, bem, isso é um alívio," Jen disse com um sorriso.

"Acredite em mim, nunca teria um perseguidor," disse Reagan. "Quem iria querer perseguir isso?" Ela apontou para o rosto, em seguida, arrastou a mão até as pernas, como se fosse uma exibição em um game show.

Jen começou a rir. "Por que você é tão dura consigo mesma? Você é realmente bonita, não consegue enxergar?"

"Quero dizer, ninguém nunca me notou, então..."

"Reagan, tenho certeza de que os caras notaram você. Talvez eles não tenham dito nada, mas isso não significa que não tenham te notado. E de qualquer maneira, os caras mudam muito quando crescem. Quando são crianças, eles nem sempre têm a melhor opinião."

"Pode ser."

"Confie em mim," disse Jen. "A sua maior fraqueza não é a sua aparência, é a sua falta de confiança."

Reagan sorriu de volta para Jen. "Obrigada, pode ser que você esteja certa. É algo que preciso melhorar, eu acho."

As meninas se arrastaram durante a jornada de trabalho, ambas motivadas pela necessidade de um salário. A camaradagem que elas tinham ajudou a tornar o tempo um pouco mais fácil. Cada dia parecia um déjà vu. Elas trabalhavam com o mesmo grupo egocêntrico de meninas, ajudando inúmeros estranhos a escolher suas roupas e acessórios. Os cidadãos de Newbrook encontraram os meios necessários para fazer compras para o Natal. Isso, ou gastavam dinheiro que não tinham. De qualquer forma, o trabalho manteve Reagan ocupada.

Era quase uma hora e Reagan estava se preparando para

fazer uma pausa. Jen insistiu que ela fosse em frente, embora houvesse alguns clientes na fila. Reagan se virou para ir embora.

"Reagan," Jen sussurrou. "Reagan," disse ela, mais alto na segunda vez.

Reagan se virou.

"O quê?" Ela perguntou a Jen, mas não demorou muito para ver por que sua amiga havia chamado seu nome.

Jackson tinha entrado pela porta, e desta vez ele estava sozinho. Ela desviou o olhar dele e caminhou de volta para Jen. "Oh, Deus, o que eu faço?"

"Apenas aja normalmente. Está tudo bem. Ele provavelmente está aqui para ver você."

"Sim, é com isso que estou preocupada," Reagan disse nervosa.

"Isso é uma coisa boa," disse Jen, sorrindo. "Fique tranquila. Continue trabalhando e aja como se não tivesse o visto."

"Você quer que eu o ignore?"

"Não, na verdade, não. Só quero dizer pra você não dar muita atenção."

"Ok. Tudo bem," Reagan murmurou antes de respirar fundo. Ela se afastou do balcão e começou a ajudar um cliente, enquanto mantinha uma nota mental de onde ele estava.

Ele examinou a pequena seleção de colônias masculinas perto do balcão e Reagan lutou para ignorar o fato de que ele estava a apenas alguns metros de distância. Ela não era a única que estava de olho nele, no entanto. Valerie já o tinha em seu radar e estava se gabando para Tina e Beth de que ele tinha voltado para falar com ela.

Jackson olhou para Reagan no balcão, enquanto ela estava terminando de atender seu cliente. Ele parecia inseguro sobre o que dizer. Mas logo ele recebeu um leve empurrão para acelerar o processo, pois Valerie estava se aproximando. Ele agarrou o frasco mais próximo de sua mão direita e deu um passo em direção ao balcão. Reagan olhou para ele e sorriu.

"Olá de novo," ele disse a ela.

"Ah, olá." Ela falou como se não tivesse ideia de que ele estivesse ali. "Um pouco de colônia desta vez?" Ela perguntou. Duh, é claro que ele está pegando colônia, Reagan.

"Ei, Jackson!" Valerie gritou bem ao lado dele.

Jen revirou os olhos do balcão.

"Ei," ele murmurou, sem dar a ela o menor olhar. Ele manteve contato visual com Reagan e ignorou a presença de Valerie. "Sim, eu vi este frasco outro dia, mas não sabia se queria pegar ou não."

"Bem, é uma boa escolha. É um de nossos campeões de vendas," Reagan disse a ele.

Valerie aumentou o flerte, inclinando-se no balcão e colocando o cabelo atrás da orelha. "Eu aposto que vai cheirar bem em você," ela disse a ele.

Jen enfiou o dedo na boca, praticamente vomitando com o desespero de Valerie. Ele parou por um segundo, parecendo desconfortável com as ações da garota irritante ao seu lado. Reagan olhou para Valerie por um momento, depois olhou para Jackson, que estava ficando visivelmente frustrado.

"Hum, serão dezesseis dólares e noventa e oito centavos," Reagan disse a ele.

"Tudo bem." Ele puxou a carteira, pegou uma nota de vinte dólares e entregou a ela.

Reagan abriu a caixa registradora e deu o troco. "O seu troco é de três dólares e dois centavos. Aqui está," disse ela, entregando-lhe a sacola.

"Obrigado." Ele ficou lá por um segundo e sorriu para Reagan, até que sua paciência finalmente se esgotou e ele se virou para Valerie. "Posso ajudar?" Ele perguntou a ela educadamente.

A expressão em seu rosto mostrou seu choque, já que ela nunca havia recebido esse tipo de resposta antes.

"Hum, não, eu só queria ver se você precisava de alguma coisa," Valerie respondeu em um tom de voz mais baixo.

"Eu estou bem. Mas obrigado," ele disse.

"Sem problemas," Valerie murmurou antes de voltar para Beth e Tina. Elas estavam esperando por ela na seção feminina.

Jen sorriu de orelha a orelha e continuou a atender os clientes do outro lado. Reagan observou Valerie se afastar e se absteve de rir. Jackson voltou sua atenção para Reagan.

"Ouça, uh, você gostaria de sair algum dia?"

Reagan corou e começou a gaguejar. "Hum... Uh..."

"Me desculpe, eu não deveria..." Ele começou.

"Está tudo bem," disse ela.

"Não. Eu não deveria ter feito isso. Você nem me conhece. Tenho certeza que você não quer um cara estranho te incomodando no trabalho," ele disse, parecendo nervoso.

"Eu adoraria," Reagan disse corajosamente.

Sua cabeça se ergueu e ele olhou para ela em estado de choque. "Ok. Uh, o que você gosta de fazer? Aonde você quer ir?"

"Ah, eu não sou exigente. Gosto de tudo."

"Tudo bem. Então, aposto que ir ao shopping está fora de questão, hein? Duvido que você queira estar aqui quando não estiver trabalhando," disse ele.

"Na verdade, eu não me importo. Contanto que eu não esteja aqui," ela respondeu.

Ele riu da resposta dela. "Ok. Bem, talvez possamos apenas dar uma volta ou algo assim. Você trabalha no sábado?"

"Não, normalmente só trabalho durante a semana."

"Então, que tal sábado? Pode ser?" Ele perguntou.

"Sim, pode ser," disse ela.

"Ok, você quer se encontrar na praça de alimentação por volta do meio-dia? Podemos comer algo, passear, o que você quiser fazer."

"Claro, parece legal."

"Incrível. Tudo bem. Uh, acho que te vejo no sábado, então?" Ele perguntou novamente.

"Estarei aqui," disse ela.

Ele se afastou com um sorriso e saiu para o shopping. Reagan decidiu tomar um ar, quase pela primeira vez desde que ele entrou na loja.

Jen se virou imediatamente. "Puta merda, Reagan. Essa foi a melhor coisa que eu já vi. É fofo como ele estava se esforçando para falar com você. E a maneira como ele ignorou Valerie... Hilário!"

"Shhh, não quero dar muita importância a isso," disse Reagan, olhando em volta.

"Eu sei, me desculpe. Estou tão feliz por você. E você tem que admitir: o que ele fez foi..."

"Hum, o que foi isso, Reagan?" Valerie perguntou, enquanto o trio caminhava até o balcão.

"O que foi o quê? O que eu fiz?" Reagan perguntou.

"Você sem dúvidas tentou me impedir de falar com Jackson. Quem você pensa que é, afinal?"

"Eu não sei do que você está falando. Eu não fiz nada."

"Você honestamente acha que ele vai escolher você em vez de mim?" Valerie cortou. "Você é, você é, bem... você é você. Ele nunca vai sair com alguém como você."

"Eu não fiz... ele apenas..." Reagan gaguejou.

"Deixe ela em paz, Valerie. Você só está puta porque ele te dispensou. Supere," Jen disse, indo em direção a Valerie.

Valerie olhou para Jen e riu. "Você é tão ruim quanto ela. Esquisitas." Ela se afastou, Beth e Tina seguindo logo atrás dela.

"Tchau," Jen zombou em suas costas. Ela se virou para Reagan e riu. "Não se preocupe com ela. Ela não tem nada melhor que você."

"Eu sei, mas eu não entendo. Eu nunca fiz nada para ela," Reagan disse, encolhendo os ombros.

"Não, ela é só uma vadia. Só isso," Jen disse.

Reagan finalmente fez uma pausa, e as outras meninas não a incomodaram mais. Ela observou o relógio se arrastar até que finalmente chegou a hora de sair. Jen disse a ela algumas palavras finais de encorajamento, então ela saiu para a noite, odiando o fato de que teria que voltar no dia seguinte.

Quando chegou em casa, Reagan imediatamente tirou sua roupa de inverno e se jogou no sofá. Ela ainda não acreditava na conversa que teve com Jackson. Seu coração acelerou enquanto ela se sentava e repassava a experiência em sua mente, uma e outra vez. Um sorriso malicioso se espalhou por seu rosto quando ela se lembrou de como ele havia ignorado Valerie. Foi revigorante ver alguém colocá-la no lugar certo.

Ela nunca esteve em um encontro real antes, e ela nem sabia se seria isso. Tudo o que ela sabia era que estava morrendo de medo. Sobre o que vou falar? Por que mesmo ele está falando comigo? Os pensamentos corriam por sua cabeça, até que ela finalmente se levantou para procurar algo para comer. Depois de um tempo, ela se enrolou na cadeira e abriu seu livro mais novo. As páginas estavam começando a se fundir, enquanto a mente de Reagan continuava flutuando em um devaneio. Ela terminou um capítulo inteiro e não tinha ideia do que tinha acabado de ler. Esta semana com certeza foi a mais longa que ela havia vivenciado em muito tempo.

CAPÍTULO 4

A manhã de sábado finalmente chegou, depois do que pareceu um mês de espera. Reagan começou o fim de semana como qualquer outro: ela tomou o café da manhã, se vestiu e foi para a biblioteca. Mas ela sentiu um pouco mais de vitalidade em seus passos quando entrou pela porta e Donna não demorou muito para notar.

"Bem, bom dia, Reagan. Você parece enérgica esta manhã. O livro deve ter sido bom, hein?"

Reagan sorriu. "Sim, foi. Eu terminei ontem à noite." Ela ficou no balcão, tentando não parecer estranha, mas quanto mais ela tentava esconder, mais aparecia.

"Há mais alguma coisa?" Donna perguntou.

"Não... bem, mais ou menos. Não é nada demais," Reagan começou. Ela olhou nos olhos curiosos de Donna, sem saber como começar uma conversa dessas. Ela havia se acostumado as conversas sobre histórias de amor fictícias, mas falar sobre uma experiência da vida real era algo que ela não tinha feito com Donna antes. "Então, cerca de uma semana atrás, esse cara entrou na loja com seus amigos. Ele não disse muito no dia, mas voltou na segunda-feira."

"E?"

"Ele me perguntou se eu queria sair com ele."

"Ah ok. Então..." Donna começou.

"Você acha que é estranho? Eu nem o conheço," Reagan disse.

"Não necessariamente. O que ele quer fazer? Quer dizer, ele não está querendo te encontrar em algum lugar sozinha, certo?"

"Não, não. Ele pensou que talvez pudéssemos caminhar pelo shopping ou algo assim," disse Reagan.

"Tudo bem, isso parece razoável. Pelo menos você sabe que haverá outras pessoas por perto, caso ele se torne escroto." Donna de repente viu o medo que atingiu o rosto de Reagan. "Estou brincando, querida," ela disse, brincando. "Sim, isso soa inofensivo. Então, ele é fofo?"

"Sim, ele é lindo. Isso é o que mais me assusta." Reagan falou as palavras que estava segurando por dias.

"Por quê?"

"Por que... eu não sei. Porque ele é bonito e confiante e legal... basicamente, tudo o que eu não sou." Ela esfregou a testa, ansiosa com a situação.

"Espere um minuto. Em primeiro lugar, você é uma garota linda. E você acha que porque você é tímida e gosta de ler, isso significa que não é atraente?" Perguntou Donna.

"Eu não sei, acho que sim."

"Oh, querida. As coisas não são como eram no colégio."

"Você está começando a soar como Jen," disse Reagan.

"Bom, é verdade. As coisas mudam conforme você envelhece. Pelo menos na maior parte."

"Vou acreditar na sua palavra. Eu realmente nunca estive nessa situação antes."

"Você vai ficar bem. Você não estará sozinha, então isso é bom. E vocês estarão apenas conversando. Se vocês não gostarem um do outro, simplesmente não se verão novamente," Donna disse.

"E se eu gostar dele, mas ele não gostar de mim? O que faço?" Reagan perguntou.

"Eu não me preocuparia com isso agora. Apenas relaxe e tenha um bom dia e o quer que aconteça, aconteceu."

Um sorriso reapareceu no rosto de Reagan. "Obrigada, Donna."

Reagan encontrou um novo livro e Donna desejou sorte quando ela saiu pela porta. As palavras de encorajamento de Donna foram úteis, mas Reagan ainda estava lutando para aumentar a confiança em si mesma. Por mais que apreciasse suas amigas dizendo que ela era linda, ela havia se convencido de que eram apenas palavras tendenciosas das duas únicas amigas que ela tinha.

Algumas horas depois, ela estacionou o carro no estacionamento do shopping e desligou o motor. Ela olhou as horas em seu relógio, então bateu as pontas dos dedos em sua coxa. Sua respiração nervosa começou a embaçar a janela do lado do motorista. Ela olhou para o relógio novamente, apenas quarenta segundos depois. Com mais uma inspiração profunda, ela abriu a porta e foi para dentro. As borboletas que dominaram seu estômago a fizeram se perguntar se ela sequer seria capaz de comer.

O shopping estava muito mais movimentado do que ela estava acostumada, embora ainda pouco movimentado para dezembro. Faltavam apenas duas semanas para o Natal e os compradores de última hora estavam apenas começando. Ela entrou por uma entrada diferente do normal, tentando evitar a loja que lhe causava agonia cinco dias por semana. Raramente via o resto do prédio, já que geralmente saía o mais rápido possível.

Reagan lentamente teceu o caminho através grupos de pessoas, absorvendo os sons e cheiros ao seu redor. O cheiro de velas veio de uma loja próxima, então os bolinhos de canela do outro lado do corredor se misturaram. Ela podia ver a praça de alimentação à frente, no centro do edifício. Todos os corredores periféricos levavam a esse ponto focal no meio. Havia cerca de dez restaurantes para escolher e cerca de cem mesas entre eles. Eles brilhavam sob os holofotes do sol irradiando através do teto de vidro acima.

E lá estava ele. Jackson estava sentado em uma das mesas, sozinho. Ele estava usando uma das mãos para cutucar as unhas da outra. Seu joelho direito balançava para cima e para baixo enquanto o calcanhar deixava o chão repetidamente. Reagan diminuiu o ritmo e o observou de longe. Sua aparência nervosa a fez se sentir um pouco melhor. Talvez fosse a garantia de que ela não era a única apreensiva. Ela avançou lentamente em direção a ele, questionando sua decisão de estar lá.

Jackson colocou ambas as mãos nas coxas, olhando ao redor da sala. A cabeça dele se alinhou em sua direção e parou. Ele apertou os olhos por um momento, lutando para ver através da multidão, então se levantou. Reagan sorriu e continuou indo em direção a ele. Ela parou por um segundo para deixar um grupo de crianças passar entre eles, então deu os últimos passos.

"Bom dia," disse Jackson. Ele olhou para o relógio. "Boa tarde, na verdade."

"Você está esperando há muito tempo?" Ela perguntou.

"Nah, só estou aqui há uns dez minutos."

"Que bom. Então..." Ela olhou em volta.

"Está com fome?" Ele perguntou.

"Sim, você?"

"Sempre," respondeu ele. "Então, o que você quer?"

"Eu gosto de qualquer coisa. Desculpe, eu sei que isso não ajuda."

"Tudo bem, eu também. Que tal pizza?"

"Parece ótimo," disse ela.

Eles caminharam até a Mama Pizza Place e pararam no final da fila. Reagan permaneceu quieta e Jackson parecia sentir seu nervosismo.

"Então, qual é o seu sabor de pizza favorito?" Ele perguntou a ela, quebrando o gelo.

"Eu adoro pepperoni e azeitonas," disse ela. "Eu odeio pimentão verde, mas como qualquer outra coisa."

"Eu também. Minha favorita é pepperoni e calabresa, mas comerei o que for. Contanto que não tenha pimenta e cebola. Cebola cozida meio que me enoja," disse ele.

"Sério?"

"Sim, eu acho que é porque elas ficam meio viscosas. Eu não sei."

"Consigo entender," disse Reagan.

Eles continuaram o bate-papo até que chegou a hora de fazerem o pedido.

"O que vai querer, querida?" A mulher atrás do balcão perguntou a Reagan.

"Vou querer uma fatia de pepperoni, por favor," disse Reagan. As opções eram limitadas, com apenas alguns sabores diferentes disponíveis.

"Eu também," acrescentou Jackson. Ele se virou para Reagan enquanto a mulher fazia suas fatias de pizza. "Eu gostaria de pagar se estiver tudo bem," disse ele.

"Obrigada. Você não tem que fazer isso," ela disse, corando.

"Eu sei, mas tudo bem."

"Vocês gostariam de algo para beber?" A mulher perguntou a eles.

"Vou tomar uma cerveja sem álcool, se você tiver," disse Reagan.

"Coca para mim, por favor," disse Jackson.

Jackson pagou pela comida e bebida, e os dois foram até a mesa mais limpa que encontraram. O nível barulho do local aumentou um pouco à medida que mais pessoas entravam no shopping.

"Desculpa ter sugerido que nos encontrássemos aqui. Tenho certeza de que você preferiria ir para algum lugar longe do trabalho," disse Jackson.

Reagan mastigou o de queijo e o pepperoni, balançando a cabeça. "Tudo bem. Eu nunca me aventuro no shopping, na verdade, então é bem legal."

"Que bom. Eu estava um pouco preocupado que você pudesse se sentir horrível."

Reagan riu e balançou a cabeça novamente.

Jackson comeu por um minuto antes de continuar a conversa. "Então, você trabalha aqui há um ano, né? Você gosta?"

Ela parou por um momento e tomou um gole. "Honestamente... não."

"Ah, sinto muito."

"Está tudo bem, é minha culpa," disse ela.

"O que você quer dizer?" Ele perguntou.

"Bem, eu fui para a faculdade, mas não estou usando o diploma."

"Ah, sei o que quer dizer . Então, em que você se formou?" Ele perguntou.

"Arte e administração."

"Sério? Duas graduações?"

"Sim, idiota, não é?" Ela disse.

"Não, de forma alguma. Isso é incrível," respondeu ele.

"Bem, você sabe como é. Amo pintar. Então, pensei que poderia abrir minha própria loja e vender minhas pinturas," disse Reagan.

"Você deveria," Jackson disse a ela. "Isso seria muito legal."

"Será, se alguma dia eu chegar a esse ponto," respondeu ela. "Seria mais gratificante para mim do que cuidar da caixa registradora da Katie pelo resto da minha vida."

"Eu duvido que você ficará lá por toda a vida," ele a encorajou.

"Eu espero que você esteja certo."

"Você não vai," ele reiterou.

"Obrigada," respondeu ela. Ela deu as últimas duas mordidas em sua pizza e outro gole de sua cerveja, então olhou para Jackson. Ele já havia terminado a sua. "Quer caminhar um pouco?" Ela perguntou.

"Sim, vamos lá."

A dupla caminhou para cima e para baixo nos corredores, discutindo todos os tópicos que vinham à mente. Jackson parecia curioso, mas reservado em falar com Reagan. Ela sentiu como se ele estivesse tentando bater papo, mas havia certo constrangimento nele, como se ele não tivesse certeza do que falar. Eles percorreram a maior parte do shopping, mas uma barreira entre eles continuou erguida, e nenhum dos dois sabia como derrubá-la.

"Então, você quer alguma coisa?" Jackson perguntou.

"Como o quê?" Ela perguntou, sem ter certeza do que ele quis dizer.

"Eu não sei. Têm uma camisa ou algo que você queira?" Jackson reformulou a frase.

"Não, na verdade, não. Eu não preciso de nada," ela disse. Reagan parou de andar e se virou para encará-lo. "Jackson, você não tem que comprar coisas para mim ou me impressionar. Eu não me importo com essas coisas."

"Ok, desculpe. Eu só estava tentando ser legal."

"Eu sei, e sinto muito se pareci grossa. Eu agradeço, mas não quero que você tenha uma impressão errada sobre mim." Ela olhou nos olhos dele por mais tempo que havia feito até então, tentando transmitir sua sinceridade. Ele começou a falar, mas parou, examinando cada detalhe do rosto dela. Ela ficou desconfortável e começou a mexer no suéter. "O quê?" Ela perguntou a ele.

"Nada, eu só nunca conheci uma mulher como você antes."

"Mas você mal me conhece ainda," disse ela.

"Eu sei. É apenas uma sensação que tenho."

"Talvez você não tenha convivido com o tipo certo de mulher."

"Você está certa, não convivi," ele disse.

Ele olhou para a multidão e Reagan continuou a exibir uma

linguagem corporal desconfortável. Ela não tinha ideia de como entender Jackson e, francamente, ela estava começando a sentir que tudo isso era uma piada.

"Bem, eu acho que é melhor..." Ela parou.

Jackson esperou um momento para que ela continuasse, então decidiu quebrar o silêncio. "Eu fiz alguma coisa?"

"Não. Eu sinto muito, eu só não sou muito boa nisso," disse Reagan, tentando esconder a expressão de medo em seu rosto.

"Você está indo bem," ele a tranquilizou. "Se eu disse algo..."

"Você não fez nada. Eu sou apenas... sou simplesmente estranha."

"Não, é isso. Você é real, e não estou acostumado com isso," disse ele.

"Eu sou uma ninguém. Isso é..." Ela começou a falar, então olhou para seu suéter novamente. Ele abriu a boca para começar a falar e ela decidiu terminar. "Isso é o que me preocupa."

"O que está te preocupando? Eu não entendo," ele disse.

"Eu sou uma ninguém e você é um cara popular e bonito. O que você está fazendo falando comigo? Isso é uma piada ou uma brincadeira? Seus amigos acharam que seria engraçado?" Ela sentiu o calor subindo em suas bochechas e se virou para ir embora.

"Não." Ele a seguiu e a cortou. "Não, Reagan. Ninguém me colocou para fazer nada e não é uma piada. Por que você está sendo tão cautelosa?"

Ela desviou o olhar dele. "Eu não sei. Eu te disse... eu sou estranha. O que posso dizer?"

"Você não confia em mim, certo? É isso?" Ele perguntou. Ela permaneceu em silêncio, observando as pessoas passarem por eles em ambas as direções. "Olha, eu não te culpo. Um cara estranho se aproximou de você no trabalho, do nada, e convidou você para almoçar. Tenho certeza que é um pouco estranho. Mas eu prometo a você, eu não sou um canalha e não estou aqui para te usar. Só achei que você parecia, não sei, diferente."

Ela ergueu uma sobrancelha. "Diferente?"

"Sim, e não quero dizer de uma maneira ruim. O que quero dizer é que você parecia misteriosa. Não sei como explicar. Foi uma sensação que tive na primeira vez que te vi. Você não era obcecada por si mesma." Ele parou de falar e Reagan finalmente começou a acreditar que talvez, apenas talvez, esse cara fosse confiável. "Eu prometo. Não quero te machucar ou fazer você se sentir desconfortável. Eu quero te conhecer, é isso. Me dê uma chance. E aí, se você decidir que sou revoltante ou assustador ou simplesmente estranho, vou te deixar em paz."

Reagan conseguiu sorrir para ele e ele retribuiu o sorriso.

"Ok," ela sussurrou.

"Ouça, eu me diverti hoje," disse ele. "Eu realmente gostaria de ver você de novo, mas apenas se você quiser e quando estiver confortável."

Ela pensou por um momento, deixando todos os seus sentidos ajudá-la a formar suas próximas palavras. "Que tal amanhã?" Ela perguntou.

Os olhos de Jackson se arregalaram em descrença. "Sim, isso é ótimo. Que horas? O que você quer fazer? Provavelmente não no shopping, certo?"

"Hum..." Ela começou.

"Estou brincando," acrescentou ele com um sorriso. "Sério, você escolhe. Qualquer coisa."

"Você gosta de luzes de Natal?" Ela perguntou.

CAPÍTULO 5

Reagan e Jackson haviam feito planos para passar a noite de domingo juntos. Uma das tradições do Natal em Newbrook era a exibição de luzes que se estendia por quarteirões no coração do centro da cidade. A maioria dos cidadãos ia para a exposição todos os anos, embora raramente ela mudasse. Era uma das poucas coisas que as pessoas podiam fazer sem gastar um centavo a mais do que a gasolina que gastavam para chegar lá. Para a sorte de Reagan, a exibição estava a apenas seis quarteirões de seu apartamento. Jackson atravessou a cidade para encontrá-la na biblioteca.

Reagan vestiu suas roupas de inverno, saiu pela porta e desceu os degraus. Ela não estava tão nervosa quanto no shopping, mas se convencer a confiar nesse cara que ela mal conhecia era um desafio para ela. Ela começou a caminhar pela calçada, cada respiração formando uma nuvem que parecia permanecer no ar por uma eternidade. Jackson já estava lá, parado na calçada sozinho.

"Esperando por mim de novo, pelo que vejo," brincou Reagan.

Jackson tirou as mãos dos bolsos e encolheu os ombros. "Ei, o que posso dizer?"

"Me desculpe," ela disse.

"Sem problemas. Está preparada?"

"Com certeza."

Centenas de milhares de lâmpadas brilhavam forte o suficiente para que os motoristas viajassem facilmente sem os faróis acesos enquanto passavam. Quase vinte blocos quadrados foram decorados com uma variedade de árvores, fios de luz e presépios. Ninguém sabia ao certo quantos Papais Noéis de plástico e renas foram misturados ao longo do arranjo. No final, tudo se juntou para formar a variedade homogênea perfeita.

"Uau! Olhe só," disse Jackson.

"Eu sei, não é ótimo? Eu vim aqui no ano passado também. Quase faz você se sentir como se fosse parte de um conto de fadas, não é?"

"Sim, faz. Eu esqueci como era legal. Eu costumava vir com minha família quando era novo, mas... bem, já faz um tempo desde que eu vim," ele disse a ela.

"Oh, que pena. Por que parou?" Reagan perguntou.

Jackson passou a mão esquerda pelo cabelo escuro e olhou para Reagan. "Uh..." Ele começou.

"Desculpe, eu não deveria ser tão intrometida."

"Não, está tudo bem. Bem, quando eu tinha nove anos, minha mãe foi embora. Depois disso, ficamos só eu, meu irmão e meu pai. Tudo meio que mudou, eu acho."

"Eu sinto muito. Eu não deveria..." Reagan começou.

"Tudo bem. Sem problemas. Achei que conversaríamos sobre isso eventualmente. Só surgiu um pouco mais cedo do que eu esperava, só isso."

Reagan ficou quieta, sem saber o que dizer. Eles continuaram andando e Jackson continuou.

"Quando eu era mais novo, não entendia o que estava acontecendo e ainda nem sei por que ela foi embora. Só lembro que ela sempre pareceu, não sei, infeliz, acho. Ela estava lá e nós conversávamos com ela, mas ela não estava realmente lá, se é que você me entende."

Jackson parou por um minuto. Ele evitou fazer contato visual com ela, olhando para as luzes. Reagan esperou que ele retomasse.

"Eu senti tantas coisas por tanto tempo: raiva, confusão, tristeza... Mas, acima de tudo, senti pena de meu pai e meu irmão, Dallas. Ele tinha apenas cinco anos. Ele precisava da mãe. E meu pai, o coitado do meu pai. Ela o deixou sozinho com dois meninos perdidos. Ele permaneceu forte por nós, mas eu sabia que ele chorava quando ia para cama à noite."

Nesse ponto, os olhos de Reagan encheram de lágrimas, como os de qualquer humano encheriam ouvir algo assim. Ela enxugou os olhos com a luva azul escura. A combinação do ar frio e das lágrimas fez seu nariz escorrer. Ela fungou compulsivamente para evitar que escorresse. Jackson ouviu a pequena fungada e olhou para Reagan.

"Ei, está tudo bem. Me desculpe, eu não queria te chatear," ele disse.

"Estou bem, só me sinto péssima por você. E olha você tendo que se preocupar comigo," ela respondeu, balançando a cabeça.

"Me sinto um idiota. Estamos aqui para ver as luzes de Natal, e você está presa me ouvindo, como se fosse minha terapeuta."

"Você pode falar sobre isso, se quiser. Eu não me importo. Só sinto muito por ter feito você pensar nesse assunto."

"Está tudo bem. É sério," ele insistiu.

Reagan acenou com a cabeça e eles continuaram. Ela finalmente falou. "Então, diga-me algo mais sobre você."

"O que você quer saber?"

"Qualquer coisa."

"Ok, me deixa pensar." Ele bateu palmas e as esfregou para frente e para trás. "Bem, minha cor favorita é verde, a menos que seja feijão verde, porque eu odeio feijão verde. Eu fui para a faculdade por um ano, mas eu simplesmente não sentia que estava pronto ainda. Eu não sabia o que queria ser, então voltei para casa para trabalhar na construtora do meu pai, pelo menos até resolver algumas coisas. Eu não conseguia me imaginar me formar só para ter um diploma E depois ficar me perguntando se eu sequer gostava do que estudei."

"Isso é completamente compreensível e foi uma boa decisão," Reagan o encorajou.

"Espero que sim."

"Então, você trabalha para o seu pai?"

"Sim. Bem, provavelmente não parece, já que tenho passado tempo no shopping, mas, geralmente, ele me mantém ocupado. Estávamos meio lentos, então tirei alguns dias de folga," explicou.

"Faz sentido," ela disse.

Ele continuou. "O que mais? Além de basquete e saber brandir um martelo, não tenho nenhum talento."

Reagan sorriu. "Ok, então qual é a sua comida favorita? Você disse que odeia feijão verde. Que comida você gosta?"

"Oh, uau, isso é difícil. Eu amo comer, então isso é difícil, mas vou ter que escolher o *chilli* do meu pai," disse ele.

"Sério?" Reagan respondeu, não esperando sua resposta.

"Sim, é tão bom, pode acreditar. Qual é a sua?"

"Isso é difícil para mim também. Eu amo frutos do mar. Mas acho que vou ter que dizer lasanha."

"Legal. Eu também amo," disse Jackson.

"É difícil escolher uma só, porque gosto de qualquer massa italiana, mas a lasanha deve ser a minha preferida. Claro, isso depende de quem a faz. A da minha mãe é ótima, porque ela adiciona uma camada de pepperoni." Ela adicionou.

"Parece gostoso." Jackson parou por um segundo enquanto eles continuavam andando. "Então, seus pais moram na cidade?"

"Não. Eles moram a cerca de duas horas daqui. Sem dúvidas dá para ir de carro, mas não posso simplesmente passar lá sempre que quiser," respondeu ela. "Vim aqui para ir à faculdade e quando me formei simplesmente fiquei. Estou tentando começar minha própria vida." Ela encolheu os ombros e forçou um sorriso.

"Você não parece muito animada com isso," ele comentou.

"Ugh, eu não sei. Eu gosto daqui e de tudo, mas sinto falta deles. Acho que seria melhor se eu sentisse que estava fazendo algo com a minha vida, mas não sinto. Não tenho nenhum amigo além da bibliotecária e uma garota com quem trabalho. Não gosto muito do meu trabalho, mas tenho que economizar dinheiro se quiser abrir uma loja um dia. E não tenho muito como fazer isso na minha cidade natal, porque lá simplesmente não é grande o suficiente para fazer sucesso. Então, estou meio presa. Mas pelo menos há mais pessoas aqui. E já que há uma cidade maior perto, pelo menos tenho uma chance, certo?"

"Sim, eu acho que você vai se dar muito bem," ele a encorajou. "Mas é meio chato que você não esteja feliz nesse meio tempo. Só porque você está tentando economizar dinheiro, não significa que você não possa viver enquanto espera."

Reagan riu e olhou para Jackson. "Passo todos os sábados de manhã na biblioteca, encontrando outro livro para ler nas noites da semana depois que chego em casa do trabalho. E nos fins de semana, eu pinto. Essas são as únicas coisas que eu faço ."

"Ah, não tem problema. Você poderia estar fazendo coisas bem piores."

"Sim, acho que tem razão," disse ela, sorrindo.

Os dois tinham serpenteado até o final da exibição de luz e começaram a voltar para o outro lado. Ambos estavam muito mais confortáveis do que no dia anterior. Reagan estava aprendendo a se abrir para o homem misterioso, que parecia estar interessado nela. Ela ainda não entendia muito bem por que um cara com tantos amigos estava saindo de bom grado com uma garota como ela. Mas, por enquanto, ela estava tentando seguir seu instinto.

Eles estavam se aproximando da biblioteca quando um homem e uma mulher, vindos do restaurante do outro lado da rua, começaram a caminhar em direção a eles. Reagan avistou o casal e deu-lhes um olhar rápido, sem pensar nada demais. Jackson, por outro lado, parecia visivelmente desconfortável ao ver a dupla avançando. Ele desviou o olhar deles e continuou em frente.

"Qual o problema?" Reagan perguntou.

Antes que Jackson pudesse responder, o cara na rua falou. "Jackson?"

"E aí, cara. Tudo bem?" Jackson respondeu.

O homem olhou para Jackson, depois para Reagan, e foi nesse momento que ela percebeu quem ele era. Ela fez um breve contato visual com o amigo de Jackson da loja, então rapidamente olhou para os dedos dos pés.

Ele olhou para trás para Jackson e sorriu. "O que você está fazendo?"

"Só passeando," disse Jackson, balançando a cabeça.

"O... ok," seu amigo respondeu. Ele olhou para a mulher parada ao lado dele e os dois sorriram um para o outro, como se lutassem contra a vontade de rir.

Depois de um momento agonizante de silêncio constrangedor, Jackson falou. "Bem, é melhor irmos."

O amigo dele sorriu novamente e encolheu os ombros. "É. Vejo você por aí. então."

"Até mais," Jackson respondeu rapidamente.

Os dois casais seguiram caminhos separados. Reagan tentou ignorar os comentários maliciosos vindo da direção dos dois que iam embora. Ela e Jackson caminhavam em silêncio em direção a biblioteca. O clima da noite havia mudado de repente, e o instinto de Reagan não era mais inquestionável.

Jackson colocou as mãos nos bolsos e parou no final da escada da biblioteca. "Olha... eu, uh..."

Reagan, que tendia a seguir o exemplo de outra pessoa em uma conversa, sabia exatamente o que ela queria dizer. As palavras estavam deixando sua boca antes que ela tivesse a chance de se questionar. "Eu me diverti muito, Jackson, mas talvez não devêssemos nos ver de novo."

"O quê? Por quê?"

"Qual é. Você sabe o por quê," disse ela.

"É por causa de Drew? Sinto muito, ele não é muito legal, às vezes. Não se preocupe com ele... ".

"Não, é por sua causa," Reagan respondeu severamente.

O rosto de Jackson expressou confusão. "Mas eu..."

"Seu amigo ser um idiota não é o problema. O problema é a maneira como você pirou quando o viu. É a maneira como você evitou olhar para ele quando ele me viu. Você ficou com vergonha de ser visto comigo, não é?" Ela perguntou.

"Não, Reagan..."

"Não minta para mim, Jackson!" Ela disse. "Ele apareceu e você entrou em pânico. É só falar a verdade."

Ele esfregou a testa e continuou a gaguejar: "Eu não... ele não é..."

"O quê?" Ela exigiu. "É só falar."

"Você está certa, me desculpe. Ele é meu amigo desde que estávamos na quarta série, mas só começou a agir assim depois de entrar no emprego novo. Agora, é como se ele se achasse melhor do que todos."

"Eu te disse, ele não é o problema. Ele é quem é. Mas se você tem vergonha de estar comigo, então não precisamos sair juntos."

"Mas eu não estou..." Ele começou.

"Você não está o quê?"

"Eu não tenho vergonha de você," afirmou ele um pouco mais alto. "Eu simplesmente não estava com vontade de ouvir as besteiras dele."

"Então por que você continua saindo com ele? Se você não gosta da maneira como ele trata as pessoas, por que não desfaz a amizade?"

"Eu não sei. É complicado. Somos amigos há tanto tempo."

"Bem, eu não o conheço, e eu realmente nem conheço você ainda, mas não parece que ele é um bom amigo," ela disse.

Ele olhou para baixo e acenou com a cabeça.

"Olha," ela continuou. "Não é da minha conta que tipo de amizade vocês têm. Eu não sou ninguém e definitivamente não espero que você mude sua vida ou se sinta desconfortável por minha causa."

"Mas você não me deixa desconfortável," ele disse, dando um passo em direção a ela. "Você é incrível e linda. Você é real e eu sou apenas um covarde. Você está certa, eu não deveria tê-lo deixado agir dessa forma. Eu deveria ter me defendido e você também. Não sei por que não fiz isso. Acho que só estou com medo."

"Com medo de quê?"

"Eu não sei. Com medo de não me encaixar pode ser."

"O que há de tão ruim em ser diferente?" Reagan perguntou. "Você mesmo disse, é preciso coragem. E é um desafio, sem dúvida. Mas eu preferia ser diferente e ser eu, do que ser como todo mundo e não saber quem eu sou." ,

Jackson se aproximou dela, estendeu a mão direita até seu cabelo loiro e colocou seus lábios sobre os dela. Eles continuaram o beijo por um momento antes de ele recuar e olhar para os olhos dela. Ela olhou para ele, tentando ler seus olhos, sua expressão. Ela estremeceu com o frio e as batidas no peito, o nariz vermelho por suportar a temperatura por tanto tempo.

"Desculpa," disse ele, esperando que ela respondesse. O silêncio dela parecia incomodá-lo. "Fala alguma coisa, por favor."

"Por que você fez isso?" Ela perguntou a ele.

"Por que você me surpreendeu. Eu precisei. Sinto muito."

"Eu não sinto," ela respondeu.

Ele sorriu para ela e ela retribuiu o sorriso.

"Reagan, eu realmente gostaria de vê-la novamente. Não vou te culpar se disser não, porque depois desta noite, não mereço sua companhia, mas..."

"Eu adoraria," ela o interrompeu.

"Excelente. Ok, você escolhe. Qualquer coisa que você quiser fazer."

Ela ficou parada por um momento, pensando. "Bem, há um

filme que vai estrear no próximo fim de semana que eu gostaria de ver, se você quiser," ela sugeriu.

"Apenas me diga quando e onde buscá-la."

Jackson a acompanhou nos últimos dois quarteirões até seu prédio. Ela trocou números de telefone com este homem, que, apesar das dúvidas que ela sentia, tinha conseguido derreter seu coração.

"Eu me diverti," ele disse a ela. "Eu sinto muito pelo que aconteceu. Eu prometo que não vai acontecer de novo."

Ela sorriu e acenou com a cabeça. "Obrigada. E sinto muito por ter sido intrometida mais cedo."

"Nah, não se preocupe. Como você poderia saber?"

Ela mexeu nos polegares por um momento e olhou para a porta. "Bem, eu vou dormir. Tenho que ir trabalhar amanhã."

"Ah, esqueci que amanhã é segunda-feira," disse ele com desgosto.

"Sim," ela respondeu.

Ele hesitou antes de soltar suas próximas palavras. "Boa noite, Reagan."

Ele se inclinou e a beijou na bochecha, então se afastou o suficiente para fazer contato visual. Ela ficou na mesma posição, deixando-o saber que estava tudo bem. Desta vez, ele beijou lábios dela. Eles se abraçaram pelo momento mais longo da vida dela, até que ele se afastou novamente.

"Boa noite, Jackson," ela disse.

Ele recuou lentamente, sorrindo de orelha a orelha, assistindo Reagan subir até a porta. Ela deu a ele uma última olhada, então fechou a porta atrás dela.

CAPÍTULO 6

No shopping, na manhã de segunda-feira, Reagan atualizou Jen sobre tudo o que havia acontecido durante o fim de semana.

"Então, você vai sair com ele de novo?" Jen perguntou com entusiasmo.

"Sim, sábado. Nós vamos ao cinema."

"Vai ser divertido, né."

"Deus, eu não sei o que pensar. Isso está realmente acontecendo? Estou louca, Jen? Não quero me machucar por um cara que tem vergonha de ser visto comigo. O que eu estou pensando?" Ela perguntou.

"Não acho que ele tenha vergonha de você, Reagan. Talvez ele nunca tenha estado nesta situação ou se sentido assim antes." Jen sugeriu. "Ele pode estar um pouco confuso."

"Sim, pode ser. Só o tempo dirá, eu acho. Enquanto isso, vou deixar rolar."

"É o que eu faria. Parece legal," Jen disse piscando.

Reagan sorriu para Jen. "Vou dizer de novo. Isso é o que me preocupa."

As duas trabalharam durante a manhã, e o tempo se arrastou lentamente para Reagan. Apenas Tina e Valerie estavam na loja, provavelmente porque Beth não estava com vontade de sair da cama. As meninas não eram tão enérgicas quando o trio não estava completo. Mas naquele dia, Valerie parecia ter outras preocupações além de sua amiga desaparecida, e ela estava de olho em Reagan. Pela primeira vez desde seu primeiro dia no trabalho, Reagan estava entusiasmada e feliz, e Valerie estava reservada.

Na hora do almoço, Jen foi até a sala de descanso, enquanto Reagan cobria a caixa registradora. Valerie aproveitou a oportunidade para questionar Reagan, agora que ela estava sozinha. Ela esperou até que a fila diminuísse, então se esgueirou até o balcão para enfrentar a mulher que ela havia encarado o dia todo. Reagan não pôde deixar de notar ela se aproximando.

Valerie encostou-se ao balcão e colocou os braços na parte superior, sorrindo para Reagan. "Eu vi você no shopping sábado," ela disse.

"É?" Reagan respondeu.

"O que você pensa que está fazendo?"

"Não sei do que você está falando."

"Dá um tempo. Eu vi você andando com Jackson," Valerie disse.

"E daí? Qual é o seu problema, afinal?"

"Por favor, você realmente acha que ele está interessado em alguém como você?"

"Ele não parece muito interessado em você," Reagan respondeu, corajosa. Seu coração começou a bater forte. Um comentário como esse estava muito fora de sua zona de conforto.

"Oh, sério? Ouça aqui, sua vadia. Jackson nunca ficará com você. Ele está aqui..." Valerie ergueu a mão direita o mais alto que pôde. "... e você está aqui embaixo," ela disse, enquanto sua mão esquerda batia no balcão.

Tina ergueu os olhos do fundo da sala, semicerrando os olhos na direção do som. Ela decidiu encontrar o que fazer em algum lugar um pouco mais perto da agitação.

A satisfação que Reagan sentiu apareceu no sorriso em seu rosto. "Você está com ciúmes, não é?" Ela perguntou.

Valerie riu nervosamente. "Com ciúmes de você? Continue sonhando, idiota."

"O que está acontecendo?" Jen perguntou a Valerie, quando ela se aproximou.

"Nada, estamos apenas conversando," Valerie respondeu a ela. Era evidente que a natureza dominante de Jen intimidava Valerie. "Essa foi uma pausa rápida," Valerie disse.

"Sim, é difícil relaxar lá atrás com você aqui, falando baboseira," comentou Jen.

Reagan começou a rir e em seguida, parou, limpando a garganta.

"Que seja," disse Valerie. Ela olhou para Reagan uma última vez, então se virou para Tina.

"Obrigada," Reagan disse a sua amiga.

"Sem problemas," Jen disse. "O que foi isso?"

"Acho que ela nos viu no shopping outro dia."

"Oh, ela só está com ciúmes."

"Sim, está tudo bem. Acho que é meio engraçado, na verdade," disse Reagan.

Jen riu. "Eu sei, né?"

Reagan terminou o dia sem mais uma palavra de Valerie. A sua colega de trabalho irritada nem sequer fez contato visual com ela. Durante toda aquela semana, Reagan passou cada dia num torpor, contente por sentir que, pelo menos uma vez, ela tinha a vantagem. Para ela, era uma tortura esperar pelo sábado. Ela não saía para ver um filme há anos. Normalmente, ela esperava que saíssem em DVD para simplesmente assisti-los em casa.

No sábado de manhã, ela fez sua viagem habitual à biblioteca para trocar livros e conversar com Donna. Mais uma vez, Reagan tinha tanto a dizer, e nada era sobre o livro que ela havia lido. Donna, é claro, aproveitou a chance para ter uma conversa de garotas, já que Mary não era muito de conversa.

Por volta das dez e meia, Reagan voltou para casa para esperar até a hora de Jackson buscá-la. O filme não começava antes das 14h, e as próximas horas foram agonizantes. Não havia muita variedade em seu pequeno guarda-roupa, então o processo de escolher o que vestir era bem simples. Isso a deixou com muito tempo para não fazer nada. Ela decidiu ver um filme, apesar de onde ela estava se preparando para ir. O que for preciso para fazer o tempo passar.

Mais ou menos na hora em que os créditos começaram, Reagan ouviu batidas na porta. Ela desligou a TV e foi para o hall de entrada. Depois de respirar fundo uma última vez e espiar pelo olho mágico para se certificar de que era ele, ela girou a maçaneta e abriu a porta. Jackson estava lá, ostentando uma bela camisa de botão e um sorriso ainda mais agradável.

"Ei," disse Reagan.

"Oi," respondeu ele. "Cheguei um pouco mais cedo. Espero que esteja tudo bem."

"Claro. Você quer entrar?"

"Claro, obrigado." Ele entrou, mal passou na porta, depois parou. Reagan fechou-a atrás dele. "Lugar legal," ele disse a ela.

"Obrigada. É pequeno, mas moro sozinha, então funciona bem. E eu posso pagar, mesmo com meu salário miserável."

Jackson riu. "Ei, eu admiro você. Você está aí, dando o cara a tapa. Morei sozinho por um tempo, mas estou de volta com meu pai por enquanto."

"Tudo bem," respondeu ela, sorrindo.

"Eu estava me saindo bem sozinho, não me interprete mal. Depois que fui para Dallas para a faculdade, meu pai começou a se sentir sozinho. Então, eu pensei em voltar por um tempo. Entende o que eu digo?"

"Isso é compreensível. E foi muito legal da sua parte ajudar seu pai assim. Tenho certeza que ele é grato por ter você com ele."

"Sim, eu acho que ele é, quando não estamos discutindo. Uma hora vou embora, mas quero ter certeza de que ele está bem primeiro," acrescentou. "Enfim, chega de falar sobre mim."

Reagan esperou em silêncio por um momento, tentando pensar no que dizer a seguir. "Você quer um refrigerante ou algo assim?"

"Sim, claro. Obrigado."

"Sem problemas," disse ela enquanto ia para a cozinha. "Eu só tenho cerveja sem álcool. Pode ser?"

"É claro." Ele olhou para o canto da sala, quando Reagan abriu a geladeira. Ela havia transformado toda aquela parte em seu espaço de arte. Ele examinou o que pôde até que ela reentrou na sala.

"Aqui está," disse ela.

"Obrigado. Você se importa se eu olhar suas coisas?" Ele perguntou.

"Não, vá em frente."

Eles caminharam até a área que ela havia designado para pintar. Uma coleção inteira de peças acabadas revestia a parede. Um número igualmente grande de telas em branco estava empilhado, sem ainda ver o traço de um pincel. Uma pequena estante de livros continha seu estoque de pincéis e tintas. E, no centro de tudo, estava um velho cavalete sobre uma lona salpicada de várias cores.

"São incríveis, Reagan," afirmou Jackson com sinceridade.

"Obrigada. Eu continuo os empilhando, esperando que algum um dia sejam vendidos."

"Oh, eu garanto que eles serão. Eles são todos ótimos."

"Eu agradeço."

Ele caminhou até a pintura mais próxima, examinando a paisagem que ela havia criado. "Isso é... que tipo de tinta é essa?" Ele perguntou sem jeito. "Desculpe, não sei muito sobre arte."

"Não, está tudo bem. É acrílica. Mais ou menos como tinta de pintar casa, mas mais cara."

Jackson riu e acenou com a cabeça. "Sim, e mais bonita."

"Sim, é verdade. Também gosto de pintar a óleo, mas a acrílica é um pouco mais fácil de limpar. E aquarela e eu não nos damos bem, por algum motivo. Eu acho linda, mas não sou tão boa nisso. Então, eu fico com a acrílica."

"Bem, é super legal, com certeza."

Jackson continuou a verificar a coleção de arte de Reagan, parecendo esquecer o motivo de sua visita. Ele finalmente parou por um momento e olhou para o relógio. "Oh, já é uma e meia. Vamos lá?"

"Sim, deixe-me pegar meu casaco," Reagan respondeu.

Jackson bebeu o resto de sua cerveja e jogou a lata em uma lixeira reciclável antes de saírem pela porta. Ele liderou o caminho para seu carro, um Camaro preto, que estava estacionado do outro lado da rua.

"Belo carro," Reagan disse a ele.

"Obrigado. Comprei há alguns meses. Tive que economizar muito para consegui-lo, mas valeu a pena."

"Com certeza. É muito mais agradável do que o meu seminovo."

"Mas eu aposto que o seu consegue fazer a gasolina durar mais," ele disse.

Reagan riu enquanto subia no banco do carona. "É, acho que sim."

Ele ligou o carro, e o ronco do motor ecoou nas paredes dos prédios vizinhos. Eles começaram a descer a estrada. Era uma curta viagem de carro até o cinema, mas era muito melhor do que caminhar no frio. Com apenas seis salas, o pequeno cinema não era muito grande, mas tinha uma ótima pipoca, bebidas geladas e filmes baratos. A conveniência dessa atividade em um lugar fechado e de custo relativamente baixo significava que os assentos geralmente estavam quase lotados. Jackson sabiamente preparou tudo com antecedência. Ele havia comprado os ingressos dias antes.

Eles pararam no pequeno estacionamento atrás do prédio e saíram no ar frio. Jackson trancou o carro e eles correram para a porta da frente. O saguão principal era quente e aconchegante, especialmente nesta época do ano. Claro, o tapete marrom já tinha visto dias melhores, mas as decorações de Natal compensavam isso. Eles entregaram seus ingressos para o homem que os recolhia, antes de ir até o balcão para comprar lanches.

"O que gostariam hoje?" A mulher atrás do balcão perguntou.

Jackson olhou para Reagan. "Vá em frente."

"Eu meio que quero pipoca, mas não consigo comer muito," disse ela a Jackson.

"Podemos dividir uma, se você quiser," ele sugeriu.

"Claro, isso vai funcionar. Você quer dividir uns M&Ms de amendoim, também?"

"Mmm, sim. São meus favoritos," ele respondeu.

Ele olhou para a mulher, que esperava pacientemente pelo pedido. "Vamos querer uma pipoca grande, uma caixa de M&Ms de amendoim, uma Coca média para mim e. ".

"Uma pequena cerveja sem álcool para mim, por favor," disse Reagan.

Jackson pagou pelos lanches e eles ficaram na lateral por um momento enquanto esperavam. Reagan admirou as luzes e enfeites que alinhavam a sala. A música natalina tocava baixinho ao fundo. Ela se sentia serena no ambiente festivo. Jackson olhou Reagan enquanto ela sorria para o cenário colorido. Ele olhou para o cabelo dela. As madeixas naturais estendiam-se para trás nos grampos que mantinham os fios no lugar. Seu olhar se moveu para o rosto dela. Ele observou seus lábios macios e olhos castanhos. Reagan finalmente percebeu seu olhar e olhou para ele.

"O quê?" Ela perguntou, ficando desconfortável.

"Nada," ele respondeu com um sorriso.

"O quê? Tem alguma coisa no meu rosto? " Ela começou a enxugar a testa.

"Não. Por que...? " Ele começou a perguntar algo a ela.

"Aqui está. Aproveitem o filme," disse a mulher, entregando-lhes a comida e as bebidas.

"Obrigado," o casal respondeu em uníssono.

Jackson agarrou a pipoca, Reagan pegou o chocolate e eles se afastaram dos balcões de lanches.

"Uh," disse Reagan, olhando para o ingresso. "Estamos no número quatro," ela disse a ele.

"Tudo bem," ele respondeu.

Eles caminharam pelo corredor até chegarem à porta devidamente marcada. Ele abriu para ela e ela liderou o caminho para a sala escura. Passo a passo, eles desceram ao cinema.

"Onde você quer se sentar?" Ela perguntou a ele.

"Não importa para mim."

"Ok." Ela encontrou alguns assentos no meio, esperando evitar lidar com pessoas que precisavam se espremer a cada cinco minutos. Jackson se sentou e Reagan colocou o casaco em seu assento. "Vou correr para o banheiro bem rápido, enquanto ainda dá tempo."

"Ok."

Quando ela voltou, Jackson estava sentado lá, assistindo aos fatos divertidos e curiosidades do filme. Educado por natureza, ele esperou para ela voltar para começar a comer a pipoca.

"Você não perdeu muito," ele disse a ela.

"Ok, que bom." Ela se sentou e olhou para a tela.

Ele esperou um momento antes de decidir falar. "Ei, por que você fez aquilo antes?"

"Fiz o quê?"

"Por que você presumiu que havia algo errado quando me viu olhando para você?" Ele perguntou. Reagan corou e olhou para o próprio colo. "Assim. Porque você faz isso?"

"Eu não sei. Eu geralmente presumo o pior, eu acho."

"Por quê?" Ele perguntou novamente.

"Bem, eu não estou acostumada com alguém olhando para mim, a menos que seja para rir. Lidei com isso minha vida inteira. Acho que isso me deixou paranoica," ela respondeu encolhendo os ombros.

"Ok, em primeiro lugar, eu não tenho ideia de por que alguém riria de você. Você é linda e inteligente. E em segundo lugar, eu definitivamente não estava olhando para você de uma maneira ruim. Eu só estava olhando para você."

"Mas por quê?"

"Porque você... você me surpreende. Há algo em você que me atrai. Eu quero estar perto de você. Quero falar com você e saber mais sobre você. Eu quero ouvir a sua voz." Ele parou, respondendo seu olhar fixo. "É difícil de explicar," ele concluiu e voltou a olhar para a tela.

Pela primeira vez, Reagan não duvidou de que ele tivesse boas intenções. Ela não sentiu medo. Ela sentiu mais alegria do que jamais havia sentido em sua vida.

Agora, ela se viu lutando contra as lágrimas para responder: "Obrigada."

Ele sorriu para ela e agarrou sua mão. "De nada."

Ela assentiu, ainda tentando lutar contra a sensação de queimação no nariz e nos olhos. "Eu me sinto da mesma forma," acrescentou ela.

"Sente?" Ele perguntou.

"Sim, claro." Reagan percebeu a expressão de alívio em seu rosto. "Você achava que eu não gostava de você?"

"Bem, eu torcia para que gostasse, mas pensei que tinha estragado tudo no fim de semana passado."

Reagan sorriu para ele. "Eu não estaria aqui se não gostasse de você, Jackson."

"Acho que é um bom argumento," disse ele, sorrindo de volta para ela.

Reagan e Jackson comeram a pipoca, falando como se se conhecessem há anos até o filme começar. Ela se viu baixando a guarda, rapidamente se apaixonando por um homem com quem ela achava que nunca falaria, muito menos se interessaria por ela. Reagan ainda não entendia por que ele estava de olho nela, mas sabia que ele a fazia se sentir perfeita do jeito que era. Isso era algo que ela havia questionado durante toda a sua vida. Jackson a abraçou até o filme acabar. Eles se levantaram relutantemente quando as luzes se acenderam.

"Foi um bom filme. Boa escolha," ele falou para ela.

"Obrigada. Na verdade, eu não prestei muita atenção," disse ela. "Mas vou acreditar na sua palavra."

Ele riu do comentário dela. "Touché."

Reagan pendurou a jaqueta no braço. Eles seguiram a massa de pessoas para fora da porta e começaram a descer o corredor em direção ao saguão. Jackson segurou a mão dela enquanto caminhavam. Eles mal conseguiam colocar um pé na frente do outro, abrindo caminho pelo corredor lotado. O casal avançou lentamente até que puderam finalmente ver os balcões à frente. Uma última família estava em seu caminho para chegar à entrada. Jackson e Reagan se desculparam quando passaram pela família, então um rosto familiar apareceu diante deles. Mais uma vez, o amigo de Jackson, Drew, olhou para eles, quase como se estivesse fadado ao destino. Mas desta vez, Drew estava com um grupo de amigos. Eles formavam um grupo no meio da sala, certamente esperando sua vez de assistir a um filme.

Jackson continuou em frente sem hesitação e nenhum sinal de ansiedade. Reagan, por outro lado, lutou para esconder sua apreensão. Seu olhar caiu em direção ao tapete feio, depois em direção à porta. Lá dentro, ela torceu e rezou para que eles pudessem simplesmente chegar à saída. Mas ela não teve essa sorte.

"Jackson, como vai?" Drew perguntou ofensivamente.

"Tudo bem. Vocês?"

Drew ignorou a tentativa de Jackson de ter uma conversa civilizada e continuou sua missão de perturbar a paz. "Então, o que é isso, Jackson?"

As palmas das mãos suadas de Reagan começaram a tremer, enquanto seus nervos aceleravam. Jackson apertou a mão dela levemente, tentando tranquilizá-la.

"Do que você está falando?" Jackson perguntou a Drew em troca, mantendo-se firme.

"Eu só não entendo o que você está fazendo, cara. Você pode ter qualquer garota que quiser. Por que você está saindo com... com isso?" Drew fez um gesto em direção a Reagan.

Ela olhou para suas roupas velhas e examinou o que podia através das lágrimas que começaram a brotar em seus olhos. Seus sapatos estavam salpicados de tinta. Sua calça jeans tinha alguns pequenos pontos para combinar e as bainhas em seus pés estavam rasgando conforme o algodão envelhecia. A blusa florida que ela escolheu era o que a maioria consideraria de fora da moda, mas era praticamente nova. Claro, não mostrava tanta pele quanto às camisas das garotas do grupo de Drew. Reagan desviou o olhar e vestiu o casaco.

A expressão normalmente alegre de Jackson havia desaparecido e foi substituída por uma de fúria. Ele olhou para Reagan, que nem se atrevia a levantar a cabeça, então de volta para Drew e seu grupo risonho.

"Oh, eu entendo, cara. Um pedaço de carne é um pedaço de carne, certo?" Drew comentou.

Jackson imediatamente soltou a mão de Reagan. Ele deu um passo com o pé esquerdo e socou o rosto de Drew com o punho direito. O corpo inerte de Drew voou de volta para seu grupo de amigos, que de repente não tinham mais do que rir. Um silêncio ensurdecedor encheu a sala e o único barulho a ser ouvido foi o som dos gemidos de Drew e pipoca nova estourando atrás do balcão. Drew voltou a ficar de pé, as mãos sobre o rosto. Sangue escorrendo por seu pescoço, manchando sua camisa extravagante e vistosa.

Reagan agora mantinha a cabeça erguida e ela não conseguia acreditar no que estava testemunhando. Ela trocou um olhar com Drew, antes de olhar para Jackson. Ela não sabia o que pensar sobre o que acabou de acontecer, mas sabia sem dúvida que sua vida iria mudar.

"Terminamos," Drew murmurou por entre as mãos.

Jackson agarrou a mão de Reagan e caminhou até a gerente atrás do balcão, que olhou para Jackson nervosamente.

"Peço desculpas por tudo isso," Jackson disse educadamente.

A mulher de meia-idade acenou com a cabeça em resposta. "Está tudo bem, mas é melhor você ir."

"Sim, senhora," respondeu ele.

Ele olhou para Drew mais uma vez, então saiu pela porta com Reagan ao seu lado.

O casal se apressou até chegar ao carro. A mão de Jackson tremia agora, enquanto Reagan se sentia calma. Ele destrancou o carro e os dois entraram. Reagan não sabia o que dizer, ou se ela deveria falar. Ela esperou que ele assumisse a liderança.

"Sinto muito, Reagan," disse ele. Ela balançou a cabeça, tentando dizer a ele que estava tudo bem, mas ele continuou. "Não, eu realmente sinto muito que você teve que ouvir isso. Não dê ouvidos a ele. Você é melhor do que ele. Você é melhor do que todos nós."

Ele inclinou-se através do câmbio e puxou-a para um abraço. Se foi por que estava mesmo triste ou por causa da intensidade da situação, ela não tinha certeza. Mas suas emoções começaram a inundá-la de uma vez. Reagan chorou e ele a segurou com os braços trêmulos.

CAPÍTULO 7

Os olhos de Emma se arregalaram, surpresa com o que sua mãe havia lhe contado. "Caramba, papai era um fodão!" Emma exclamou.

"Emma," disse Reagan, franzindo a testa com a escolha de palavras de sua filha.

"Desculpe, mas ele era. Eu não posso acreditar que ele fez isso."

"Acredite, eu sei que ele parece calmo e quieto às vezes, mas seu pai pode ser bastante durão quando precisa."

Jackson entrou pela porta naquele momento e as duas meninas se viraram para olhar para ele.

"Reagan, você viu o regador? Esses vasos pendurados estão começando a ficar um pouco secos de novo."

"Olhe na varanda dos fundos, querido," Reagan falou para ele.

"Obrigado." Ele atravessou a casa e saiu pela porta dos fundos.

Emma ergueu a sobrancelha direita, franzindo o rosto para a mãe. "Tem certeza de que se casou com o mesmo cara?"

"Sim, eu juro," disse Reagan, rindo.

"Uau, isso é muito louco. Por que meu pai era amigo de um idiota em primeiro lugar?"

"Bem, nem sempre é tão fácil. Às vezes, as coisas estão bem entre as pessoas no início, mas mudam com o tempo. Seu pai era apenas uma criança quando eles se tornaram amigos. Drew mudou. Acontece," disse Reagan.

"Talvez papai tenha mudado também," Emma sugeriu.

"Sim, acho que você está certa."

"Papai alguma vez falou com ele depois disso?"

"Não. Nós o víamos de vez em quando, mas seu pai não tinha interesse em sua amizade. E tenho certeza de que Drew também não," acrescentou Reagan.

Emma se levantou e foi até a geladeira para pegar um refrigerante. "Você quer um?" Ela perguntou a sua mãe.

"Claro. Obrigada."

Emma abriu a lata e deu um grande gole, depois se sentou e entregou o dela à mãe. "E aí?

"O quê?" Reagan perguntou.

"Continua. Tenho certeza de que têm mais, certo?"

"Oh, sim. Claro, seu pai me defendendo assim significava muito para mim. E foi um pouco mais de ação do que eu já tinha visto antes," disse Reagan. Emma sorriu e esperou pelas próximas palavras de sua mãe. "Até aquele ponto, sempre havia uma pequena parte de mim que se perguntava se eu estava sonhando. E eu tinha um grande problema de confiança. Tudo isso foi pelos ares naquele dia, e eu nunca mais duvidei dele."

"E aqueles pedaços... Quero dizer, garotas com quem você trabalhou? Você continuou tendo problemas com elas também?" Emma perguntou.

Reagan começou a rir. "Engraçado você perguntar, na verdade. Não, seu pai acabou com isso bem rápido também." Emma parecia um pouco assustada. "Não se preocupe, ele não bateu em nenhuma delas," brincou Reagan. "Ele veio ao shopping um dia enquanto eu estava trabalhando, não muito tempo depois da coisa do cinema. Ele entrou na loja, passando direto por Valerie. Ele deu a ela o olhar mais maligno que já vi, então me beijou bem ali na frente de todas elas."

"Sério?" Emma disse, quase engasgando com o gole que havia acabado de tomar.

"Estou falando sério."

"Oh meu Deus. Isso é hilário! Aposto que Jen adorou isso."

"Você não tem ideia. Ela disse que foi a melhor coisa que ela já testemunhou," Reagan respondeu, balançando a cabeça.

"É tão louco que vocês continuaram amigas depois de todos esses anos," disse Emma.

"Sim, ela sempre me protegeu. Ela é uma ótima amiga. Foi por isso que me senti tão mal.".

"Mal sobre o quê?" Emma perguntou.

"Bem, seu pai não foi a única grande mudança em minha vida. Não demorou muito depois disso que recebi uma ligação de Donna."

"Oh, sim. A senhora da biblioteca."

"Sim, mas acho que não deveria me precipitar. Ainda não te contei sobre o Natal," acrescentou Reagan.

CAPÍTULO 8

R eagan levantou cedo na manhã de Natal, vestiu um suéter festivo e saiu pela porta com o café em uma das mãos e alguns presentes na outra. Como todos os dias em dezembro, ela sentou-se no banco do motorista, esperando pacientemente o carro esquentar. Ela e Jackson concordaram em passar a manhã de Natal com suas respectivas famílias e, em seguida, passar um tempo juntos mais tarde naquela noite. Isso significava que Reagan tinha que sair as sete, para passar um bom tempo com sua mãe e seu pai antes de voltar para casa.

Embora Reagan estivesse animada para visitar seus pais pela primeira vez em meses, a ideia de jantar mais tarde com Jackson era a única coisa que ela não conseguia tirar da cabeça. Ela estava animada e nervosa para contar a seus pais sobre ele. Depois de duas horas dirigindo, ainda não tinha certeza de como faria isso. Ela nunca tinha realmente tido uma conversa assim com eles antes. Para complicar ainda mais, ela não sabia exatamente o que dizer, considerando que não tinha certeza em que pé estava o relacionamento dela.

Quando ela estacionou na garagem de sua casa de infância, sua mãe, Bárbara, estava esperando atrás da cortina aberta da janela saliente da sala de estar. Ela sorriu ao ver o carro da filha.

Reagan sorriu e acenou, então saltou com os presentes e disparou para dentro de casa.

"Feliz Natal," sua mãe disse, no momento em que a porta se abriu.

"Feliz Natal, mãe," Reagan respondeu.

"Oh, que bom ver você," disse sua mãe, envolvendo-a em um abraço. "Como foi a viagem?"

"Ótima. Não peguei muito trânsito. Foi muito bom," respondeu Reagan. Ela tirou o casaco e pendurou-o no gancho ao lado da porta. Em seguida, ela tirou as botas e as enfiou cuidadosamente por baixo da jaqueta pendurada. "Estou sentindo um cheiro bom," ela comentou, enquanto foi até a árvore para colocar seus presentes.

"Ah, sim. É a torta de noz-pecã, é claro," sua mãe declarou com orgulho.

"Deus, que horas você começou a cozinhar?" Reagan perguntou.

"Provavelmente na mesma hora em que você saiu, eu acho."

Reagan balançou a cabeça em descrença. "Você é incrível. Você realmente não precisava fazer tudo isso."

"Não é um problema. Eu gosto da chance de preparar uma ceia," sua mãe insistiu.

"Bem, obrigada. Posso ajudar em alguma coisa?" Reagan perguntou.

"Talvez daqui a pouco. Estou prestes a tirar essa torta do forno. Provavelmente colocarei o pernil logo depois, então podemos abrir os presentes."

"Legal" Reagan disse enquanto ligava a TV.

Poucos minutos depois, o pai de Reagan, Tim, entrou. "Reagan! Eu nem ouvi você entrar."

"Feliz Natal, pai," disse Reagan, levantando-se para abraçá-lo.

"Para você também, querida. Estou feliz que você veio. " Eles sentaram juntos no sofá. "Então, como vai o trabalho?" Seu pai perguntou.

"Ok, eu acho," ela murmurou sem entusiasmo.

"Que bom, hein?"

"Eu sei, pai. É apenas temporário até que eu consiga economizar dinheiro suficiente."

"Eu entendo. O que é que o torna... ok?" Ele perguntou.

"Na verdade, não é um trabalho tão ruim. Mas algumas das garotas com quem trabalho não são muito legais," disse Reagan.

"Entendo."

"Exceto por uma, a Jen. Ela é legal. E a gerente é boa. Eu não a vejo muito, mas ela é bem legal. Mas as outras três garotas não são meu tipo mesmo."

"Bem, aguente firme, querida. Com sorte, você não ficará lá por muito mais tempo," ele a encorajou.

"Sim, espero que não."

Reagan e o pai assistiram à TV juntos por alguns minutos, enquanto a mãe terminava de preparar e colocar o pernil no forno. Reagan se pegou sonhando acordada enquanto tentava se concentrar na tela, perguntando-se sobre Jackson e como estava indo o Natal dele até agora.

"Vocês estão prontos?" Bárbara perguntou, entrando na sala de estar.

"Pronto quando você estiver," Tim respondeu a ela.

"Tudo bem, Papai Noel. Coloque o chapéu e vá até a árvore," disse ela ao marido.

Reagan riu. "Nunca vou cansar disso."

Tim se ajoelhou ao lado da árvore e examinou a pequena pilha de presentes. Ele leu a etiqueta do primeiro.

"Reagan, esse é para você," disse ele. "Bárbara," ele continuou. "Reagan... eu... Reagan... Reagan... Barbara..." Ele continuou até terminar o último presente.

"Vocês não precisavam me dar tantos," Reagan disse a seus pais.

"Está tudo bem, querida. Ainda vamos mimá-la sempre que pudermos," insistiu sua mãe.

"Bem, obrigada," Reagan respondeu.

A família abriu seus presentes juntos no brilho cintilante da grande árvore na pequena sala de estar. Música de Natal, papel rasgado e bate-papo combinaram para aumentar o nível do barulho nos aposentos apertados. Reagan ofegou com seus novos pincéis, em seguida, segurou um par de novas blusas contra o peito, demonstrando como ficariam. O rosto de Bárbara iluminou-se ao ver o anel que sua filha havia comprado para ela. E Tim estava igualmente animado para ver sua nova furadeira sem fio. Quando todos terminaram, Reagan foi até a cozinha para pegar um saco de lixo para o papel. Bárbara aproveitou a oportunidade e pegou o envelope escondido na árvore. Ela se sentou ao lado de Tim e esperou que a filha voltasse.

Quando Reagan voltou para a sala, ela imediatamente percebeu seus pais sorridentes no sofá. "O que está acontecendo?" Ela perguntou a eles.

"Temos mais um presente para você, querida," disse a mãe.

"O... ok," Reagan hesitou.

"Queremos que você fique com isso," Barbara disse.

Reagan pegou o envelope e deu a seus pais o olhar de *o que vocês fizeram*. O casal parecia animado o suficiente para pular do sofá. Reagan abriu o envelope e tirou o cheque que eles haviam guardado dentro.

"Cinco mil dólares! Vocês estão loucos? Eu não posso aceitar isso," Reagan insistiu. Ela se emocionou ao olhar para o valioso pedaço de papel.

"Ei, antes que você fique preocupada ou chateada, nos ouça," disse seu pai. "Já faz algum tempo que colocamos dinheiro de lado para você aqui e ali. Não é tanto quanto queríamos, mas esperamos que ajude você a começar sua loja quando estiver pronta."

Reagan enxugou as lágrimas, seguida logo depois por sua mãe enxugando as próprias lágrimas. Ela segurou o cheque por um momento e respirou fundo, tentando falar algumas palavras.

"Muito obrigada," ela finalmente disse suavemente.

"De nada, querida," disse a mãe, levantando-se para abraçar

a filha. Elas se abraçaram por alguns momentos, depois se separaram.

"Isso é tão bom. Eu posso fazer muito com isso!" Reagan exclamou. "Deus, mal posso esperar para contar ao Jackson," acrescentou ela.

"Contar para quem?" Sua mãe perguntou.

Reagan sentiu que seu coração parou por um momento quando ela percebeu o que havia dito. Ela sorriu de volta para sua mãe e olhou para o rosto curioso de seu pai. "Hum, na verdade eu ia falar com vocês sobre isso hoje. Então... eu conheci um cara. Ele entrou na loja algumas semanas atrás, quando eu estava trabalhando. No início, ele tentava falar comigo e comprar coisas sem motivo. Então ele me chamou para sair um dia. E nós tivemos alguns encontros desde então."

"Sério?" Sua mãe perguntou animada.

"Me desculpe por não ter contado antes. Eu meio que queria fazer isso pessoalmente," disse Reagan.

"Bem, conte-nos um pouco sobre ele," seu pai pediu para obter detalhes.

"Ok. Então, ele é cerca de um ano mais novo que eu. Muito doce e inteligente. Alto, moreno e bonito. Ele trabalha para a empresa de construção do pai e odeia feijão verde," Reagan disse rindo para si mesma. "Honestamente, fiquei surpresa que ele me notou."

"Por quê?" Sua mãe perguntou.

"Porque ele é aquele tipo de cara legal com muitos amigos, e eu, você sabe, não sou tão legal."

"Oh, Reagan. Você é uma mulher maravilhosa e especial. Contanto que ele veja isso e goste de você como é, vai ficar tudo bem," Barbara disse.

"Eu sei. Eu me sinto muito melhor agora. Fiquei um pouco nervosa no início, só isso," disse Reagan.

"Nervosa com o quê?" Seu pai perguntou.

"Eu não sei. Acho que estava preocupada de que tudo não passasse de uma piada. Pessoas populares nunca se envolveram comigo. E eu sei que sou uma mulher adulta agora e todas essas coisas infantis não deveriam mais ter importância, mas às vezes é difícil esquecer a maneira como as pessoas me trataram," disse Reagan.

"Querida, eu diria para você apenas continuar seguindo seus instintos e tudo ficará bem," sua mãe aconselhou.

"Uma outra coisa sobre ele," Reagan começou. "Ele teve uma vida um pouco difícil."

"O que você quer dizer?" A mãe dela perguntou.

"Bem, ele passou grande parte da vida apenas com o irmão e o pai."

"Oh, não. A mãe dele morreu?" Bárbara perguntou.

"Não, um dia ela simplesmente foi embora. Ele tinha apenas nove anos."

"Oh, isso é terrível. Coitadinho," a mãe dela disse.

"Eu sei, é horrível. Eu não sei como ele lidou. Deve ter sido muito difícil para ele," disse Reagan.

"Ele deve ser forte para ser capaz de lidar com algo assim," sugeriu sua mãe.

"Sim," disse Reagan. Ela parou por um momento, sem saber o que dizer.

"Então, quando vamos conhecer esse rapaz?" Seu pai perguntou.

"Espero que logo," Reagan disse. "Queria que nos conhecêssemos um pouco melhor primeiro e ver o que acontece. Isso tudo é tão novo ainda."

"Com certeza, não há nada de errado com isso. Não há necessidade de apressar as coisas," disse Tim.

"Isso mesmo. Mas ficaremos felizes em conhecê-lo quando você estiver pronta," acrescentou Bárbara.

Reagan ajudou a mãe a preparar o resto da refeição. No início da tarde, eles estavam sentados à mesa, comendo sua ceia de Natal.

Havia presunto, purê de batata, milho, molho e pãezinhos demais para três pessoas. Bárbara parecia animada por ter sobras, no entanto. Ela preparou vários recipientes para viagem para a filha levar com ela.

"Obrigada, mãe. Isso vai ser minha janta por dois dias," Reagan disse a ela enquanto colocava as tigelas em uma bolsa.

"De nada, querida. Você vai sair logo?"

"Sim, provavelmente preciso sair daqui às três. Vou ficar mais um pouco e ajudá-la a limpar primeiro."

"Você não tem que fazer isso, querida," Bárbara insistiu.

"Eu sei, mas eu quero, por favor."

Tim tirou o lixo enquanto Reagan ajudava a mãe a carregar a máquina de lavar louça. Elas aproveitaram o tempo precioso juntas. Barbara iniciou uma conversa de garotas com sua filha sobre o começo de seu relacionamento com Jackson, algo que ela esperava há anos. Reagan aproveitou a rara oportunidade, mas a tarde com seus pais logo estava chegando ao fim. Cada um deles envolveu sua filha em um último abraço e ajudaram-na a subir no carro.

"Obrigada novamente pelo dinheiro. Eu amo muito vocês," Reagan disse, enquanto subia no banco do motorista.

"De nada, querida," seu pai disse a ela.

"Mantenha contato," acrescentou a mãe.

"Eu vou. Eu aviso quando eu chegar."

"Você vai ver Jackson hoje à noite?" Bárbara perguntou.

"Sim, vamos jantar," disse Reagan, sorrindo. "Mas estabelecemos uma regra: é proibido dar presentes. Dessa forma, ninguém se sente pressionado a comprar nada."

"Isso provavelmente é bom. Ainda é cedo, de qualquer maneira. Vocês têm muito sobre descobrir um sobre o outro," disse sua mãe.

"Espero que sim. Bem, é melhor eu ir andando. Entrem em casa e saiam do frio," Reagan disse.

"Vamos entrar. Feliz Natal," seu pai respondeu.

"Te amo," disse Bárbara.

"Amo vocês, pessoal. E Feliz Natal. Ligo para vocês quando chegar."

Com um aceno de cada um deles, Reagan tirou o carro da rua e foi embora.

Depois de algumas horas agonizantes na estrada, Reagan estacionou o carro em seu prédio, em Newbrook. Ela ligou para a mãe, como prometido, e logo depois ligou para Jackson para avisá-lo de que estava em casa. Eles planejaram jantar e desfrutar de uma noite relaxante. Ele disse que a buscaria por volta das seis, dando-lhe muito tempo para se arrumar.

Reagan olhou pela janela quando ouviu o Camaro de Jackson estacionar do lado de fora. Ela sorriu, observando-o sair do carro. Ele estava bonito, como sempre, mas esta noite ele estava realmente de tirar o fôlego. Momentos como esse faziam ela se perguntar se era tudo um sonho. Segundos depois, ele bateu na porta, e ela não hesitou em abri-la.

"Feliz Natal," ele disse a ela imediatamente.

Ela corou e fez o possível para responder. "Feliz Natal," ela disse suavemente.

"Uau. Você está linda," disse Jackson.

"Obrigada. Você também," ela respondeu. Para a ocasião, Reagan tinha colocado o único vestido bonito que ela tinha, esperando que ficasse pelo menos comparável a ele. "Hum, você pode entrar se quiser. Ou se você só quiser ir, estou pronta. "

"Podemos ir," respondeu ele.

"Ok."

Eles estavam indo para um dos únicos restaurantes abertos da cidade. Não havia um código de vestimenta, mas ainda era considerado um bom restaurante pela maioria dos moradores. Reagan e Jackson se sentiram sortudos e gratos por poderem ir na noite de Natal. Quando eles pararam no estacionamento lotado, Jackson circulou o prédio algumas vezes, esperando por uma vaga vazia.

"Não acredito que tantas pessoas saem no dia de Natal," disse Reagan.

"Nem eu," Jackson concordou.

"Mas não dá pra culpa-las. Dá muito trabalho cozinhar uma ceia," acrescentou.

Ele assentiu. "Sim, é verdade."

"Você precisava ter visto toda a comida que minha mãe fez hoje," ela disse a ele.

"Ah, é? Aposto que estava boa," respondeu ele.

"Estava. Ela me deu um monte para viagem. Você pode comer um pouco, se quiser."

"Acho que vou aceitar a oferta. Mas agora, estou apenas torcendo para que possamos comer aqui," Jackson disse a ela.

"Eu sei, estou começando a ficar um pouco preocupada," Reagan respondeu. Bem na hora, um casal saiu do restaurante e atravessou o estacionamento até o carro. "Ooo, bem aí. Acho que eles estão indo embora," disse ela, apontando.

Jackson deu ré lentamente e esperou que eles tirassem o carro, para que ele pudesse ficar com a vaga de estacionamento. A paciência deles valeu a pena e, logo, eles estavam entrando. Ele abriu a porta de madeira para Reagan. O zumbido da multidão imediatamente vibrou em seus tímpanos. Eles passaram pelas pessoas, tentando alcançar a hostess na entrada.

"Dois lugares?" A garota perguntou a eles.

"Sim," Jackson disse a ela. "Tenho uma reserva."

"Qual o nome?" Ela perguntou.

"Holloway."

Ela levou um momento para verificar o livro, então pegou dois menus e os entregou à garota loira ao lado dela. "Reserva para Holloway."

A loira sorriu para Jackson e Reagan, então fez sinal para que os seguissem. "Por aqui." Ela os conduziu em direção a uma sala nos fundos. "Que bom que vocês fizeram uma reserva. Tenho certeza que toda a cidade está aqui esta noite."

"Parece que sim," respondeu Jackson.

"Não se preocupem, está um pouco mais silencioso aqui."

"Obrigada," Reagan disse.

"De nada," respondeu a garota. Ela os conduziu por portas duplas. "Aqui está," disse ela, direcionando-os para a mesa reservada. "A garçonete de vocês logo os atenderá."

"Obrigado," disse Jackson.

"Sem problemas."

A garota se afastou e eles se sentaram à pequena mesa para dois, um em frente ao outro. Apenas alguns outros casais estavam sentados na sala, e era muito mais silenciosa, como ela havia dito. A iluminação era bem fraca, um tecido macio estava estendido sobre a mesa e uma pequena vela estava acesa no meio.

"Isso é realmente lindo," disse Reagan. Ela lutou para conter sua empolgação enquanto olhava o cardápio.

"Sim, é tudo maravilhoso," respondeu Jackson.

Eles examinaram o cardápio juntos embaixo do brilho bruxuleante. Além do zumbido fraco da multidão do lado de fora das portas, tudo o que podiam ouvir eram os sussurros das pessoas na sala e música suave saindo dos alto-falantes. Depois de alguns minutos, a garçonete entrou com uma bandeja de bebidas para as outras mesas. Ela distribuiu as bebidas e caminhou até eles.

"Desculpe pela demora. Meu nome é Deb. Posso anotar suas bebidas?"

"Vá em frente," disse Jackson, olhando para Reagan.

"Oh, uh, acho que vou tentar a limonada de framboesa, por favor."

"E para o senhor?" A garçonete perguntou.

"Coca, por favor," ele disse a ela.

"Já vou trazer ."

Reagan retomou a leitura do cardápio. Jackson já tinha

colocado o seu de lado e estava observando Reagan. Ela sabia o que gostaria de comer, mas seu estômago embrulhou um pouco quando viu o preço. Ela olhou para algumas das outras opções, então seus olhos voltaram para aquele prato de frutos do mar. Os dedos de sua mão direita começaram a bater na mesa, enquanto sua mão esquerda descansava em sua têmpora.

"Reagan," disse Jackson.

"Sim?" Ela perguntou.

"Você pode pedir o que quiser," ele disse a ela. "Está tudo bem."

Ela colocou a mão esquerda para baixo. Seu olhar deixou o cardápio e olhou para o rosto dele. "Mas... Eu não sei...".

"Está tudo bem," ele disse de novo.

"Tem certeza? É caro." A voz dela tremeu.

"Por favor. Eu quero que você peça o que quiser. Eu prometo que está tudo bem."

Reagan corou quando ele deu um sorriso irresistível para ela. "Obrigada," ela finalmente disse.

A garçonete voltou logo com as bebidas. "Coca para você." Ela colocou o copo de Jackson. "E uma limonada de framboesa. Vocês estão prontos para fazer o pedido?" Ela perguntou a eles.

Reagan olhou para Jackson, silenciosamente tentando confirmar que ele estava pronto também.

"Vá em frente," ele disse a ela.

"Ok. Vou querer as pernas de caranguejo," Reagan começou.

"Quais acompanhamentos você gostaria?" A garçonete perguntou.

"Uma batata assada e feijão verde, por favor."

Jackson fez uma careta a princípio, depois mudou para uma cara séria. Reagan imediatamente percebeu sua expressão estranha. Ela deu uma risadinha. "Oh, eu esqueci de te dizer. Eu amo feijão verde."

Ele começou a rir e a garçonete sorriu hesitantemente. "Hum... e você, senhor? Feijão verde?" Ela perguntou.

"Nah, obrigada. Vou querer bife de tira, por favor. Com, uh, purê de batata e milho."

"Como você gostaria que seu bife fosse preparado?"

"Pode ser no ponto. Obrigado," disse ele.

"Vamos trazer imediatamente."

Reagan e Jackson aproveitaram a comida deliciosa e a companhia um do outro, até que o restaurante começou a ficar silencioso. Eles finalmente decidiram que era hora de ir, colocando suas roupas de inverno. Jackson caminhou ao lado dela, de mãos dadas, até chegarem ao carro.

Eles dirigiram pela a rua vazia e voltaram para o apartamento de Reagan. Ela calmamente olhou pela janela para as luzes, enquanto eles passavam pelas casas antigas. Era difícil para ela acreditar que o dia de Natal já havia chegado e estava quase acabando. Quando o carro parou do outro lado da rua de seu prédio, ela demorou um momento para perceber que eles já haviam chegado. Ela olhou para sua pequena árvore na janela a alguns andares acima.

"Obrigada pelo jantar, Jackson," ela disse.

"De nada. Eu me diverti muito."

"Eu também." Reagan abriu um sorriso, até que uma expressão sombria o substituiu.

"Qual o problema?" Jackson perguntou.

"Nada. Eu tive uma ótima noite. Estou um pouco triste por ter acabado, eu acho," ela disse a ele.

"Oh. Sim, eu também," respondeu ele. Ele mexeu nos polegares por um momento, antes de fazer uma pergunta. "Ei, você gostaria de conhecer meu pai amanhã? Ele disse que gostaria de conhecê-la."

Reagan fez que sim com a cabeça e respondeu quase imediatamente. "Sim, isso seria ótimo."

"Ok. Posso vir buscá-la, se quiser," ele ofereceu.

"Você pode, se quiser. Ou... que tal eu dirigir até lá? Dessa maneira, você não tem que ir e voltar duas vezes."

"Certo. Pode ser também. Moramos no final da Cherry Street, em um beco sem saída. É a única casa de tijolos," disse ele.

"Ok. Acho que não tem como não encontrar," ela respondeu. Ela olhou para a janela novamente, batendo na coxa com os dedos. "Seria... você gostaria de subir? Talvez assistir a um filme ou algo assim?"

Ele sorriu e ela começou a derreter em seu assento.

"Sim, vamos fazer isso," respondeu ele.

Reagan corou e seus olhos se arregalaram. "O que... Uh..."

"Oh, não. Não foi isso que eu quis dizer," ele nervosamente balbuciou. "Eu quis dizer, vamos curtir... assistir a um filme... você sabe..."

Ela sorriu para ele. "Está tudo bem, eu sei o que você quis dizer."

Ele começou a rir e depois se desculpou.

"Vamos, vou deixar você escolher o filme," disse Reagan.

CAPÍTULO 9

No dia seguinte, Reagan passou a manhã se preparando para conhecer o pai de Jackson. Ela estava muito mais nervosa do que gostaria e nem mesmo entendia o porquê. Sua escassa experiência com esse tipo de situação estava criando uma torrente de emoções e pensamentos. *E se ele achar que sou estranha? E se ele está esperando alguém... diferente?* Reagan quase ficou louca antes de finalmente se vestir para sair. Ela arrumou o cabelo, vestiu o casaco, agarrou a bolsa e saiu.

Ela não precisou dirigir muito para chegar lá. Cerca de doze quarteirões e três semáforos depois, ela entrou no beco sem saída no final da Cherry Street. Jackson não estava brincando. Sua casa era a única de tijolos por ali. Era uma casa de estilo rancho, com lindas persianas. Duas árvores de bordo sem folhas estavam no jardim da frente e o caminho para a porta corria entre elas.

Reagan estacionou atrás do Camaro de Jackson e desligou o carro. A curta caminhada pela calçada parecia mais um quilômetro, especialmente no clima de seis graus negativos. Ela alcançou a porta e parou no tapete de boas-vindas. Depois de dar uma respiração profunda e nervosa, ela bateu. Só levou alguns segundos até Jackson abri-la.

"Ei, vejo que conseguiu encontrar," disse ele.

"Sem nenhum problema," ela respondeu.

"Entre," ele disse. Ela seguiu seu exemplo e esperou que ele fechasse a porta. "Aqui, vou pegar seu casaco."

"Obrigada," disse ela.

Jackson pendurou o casaco no armário atrás dele, e, em seguida, voltou-se para Reagan. "Espero que você esteja com fome. Papai está grelhando hambúrgueres."

"Parece delicioso," Reagan respondeu.

"Ele deve ser o único maluco que faz churrasco em dezembro," disse Jackson.

Reagan sorriu. "Bem, eu gosto. Dá uma sensação do verão quando você mais quer."

Bem na hora, a porta de correr que dava para o pátio dos fundos se abriu. Um homem todo agasalhado passou pela porta e fechou-a imediatamente.

"Oh, meu Deus, está frio tão lá fora," o pai de Jackson resmungou. Ele tirou as luvas e o chapéu e continuou falando, sem ter levantado os olhos ainda. "Esses hambúrgueres vão ficar..." Ele parou, finalmente percebendo que sua convidada havia chegado. Um sorriso apareceu em seu rosto, então ele deu um passo em direção a ela. "Olá. Você deve ser Reagan."

"Reagan? Quem é Reagan?" Ela disse tão séria quanto podia.

Jackson olhou para ela, surpreso com o humor que ela raramente mostrava na presença dele. O sorriso de seu pai desapareceu, substituído por um olhar confuso.

"Uh... hum..." Ele começou a gaguejar.

Ela sorriu um pouco e decidiu consertar as coisas. "Sinto muito, é por isso que não sou uma comediante. Sim, sou Reagan. É bom conhecê-lo."

Seu pai começou a rir. "Ah, foi engraçado. Eu adorei. Sou David. Prazer em conhecê-la." Ele estendeu a mão e apertou a dela. "Então, Reagan, você está com fome? Você gosta de hambúrgueres?"

"Sim e sim. Deve estar delicioso. E está cheirando muito bem, devo acrescentar," disse ela.

"Bem, obrigado. Você quer queijo no seu?"

"Claro, obrigada."

David foi até a geladeira para pegar as fatias de queijo e voltou para fora. Jackson se virou para Reagan e riu.

"Eu não sabia que você tinha um lado brincalhão. Isso foi fofo."

"Eu também não. Passei a maior parte da minha vida com medo de falar. Achei que era um bom momento para me abrir um pouco," disse ela.

"Venha, vou te mostrar o lugar." Ele pegou a mão dela e a conduziu ao redor da casa, eventualmente parando no final de um corredor. "E este é o meu quarto," concluiu.

Reagan entrou no quarto arrumado. "Bem bonito" ela disse a ele. "Faz o meu parecer patético."

"Bem, eu arrumei aqui um pouco. Eu vou admitir, geralmente é mais bagunçado," disse Jackson, encolhendo os ombros.

"É mesmo," disse David, aparecendo atrás deles.

Jackson se virou e olhou para seu pai, que estava parado na porta. "Obrigado, pai."

Reagan começou a rir.

"Viu? Ela acha que sou engraçado," disse David. "A comida está pronta."

"Tudo bem, estamos indo," disse Jackson.

Eles voltaram para a cozinha e foram recebidos por um mini bufê montado na ilha. Pães, condimentos, batatas fritas, picles e um prato de hambúrgueres estavam enfileirados, com uma pilha de pratos de papel no final. "Pode não ser verão, mas podemos fingir que é, não acham?" Perguntou David.

"Com certeza," Reagan respondeu.

"Vá em frente, Reagan. Sirva-se," David insistiu.

Ele não teve que se repetir. Ela pegou um prato e fez um sanduíche, enquanto os outros dois seguiram atrás dela. Eles se sentaram à mesa, então David se levantou novamente e foi até a geladeira.

"Desculpa, Reagan, me esqueci de perguntar. Você quer uma Coca? Água? Deixa eu ver o que mais temos aqui..." Ele continuou enquanto olhava nas prateleiras.

"Uma Coca seria ótimo. Obrigada," ela respondeu.

David segurou cuidadosamente três latas e voltou para a mesa. "Aqui está. Então, Reagan, conte-me um pouco sobre você."

"Oh," ela murmurou, cobrindo a boca cheia de comida. Ela acenou com o dedo indicador pedindo um segundo, então engoliu sua última mordida. "Desculpa. Está muito bom."

"Obrigado," respondeu ele.

"Deixa eu pensar, sobre mim. Então, infelizmente, não sou tão interessante, para falar a verdade. Eu trabalho na loja Katie no shopping, pelo menos por enquanto. Gosto de ler e assistir filmes. Sou de Morgan, uma pequena cidade a cerca de duas horas daqui. E sou filha única. Então, éramos apenas eu, mamãe e papai até eu ir para a faculdade."

"Ah é? Que curso fez?" Perguntou David.

"Bem, no início eu me especializei em arte, depois comecei a ter aulas de administração também," ela contou para ele.

"As pinturas dela são ótimas, pai," Jackson se gabou. "Ela vai vendê-las um dia."

"Bem, pelo menos esses são os planos," acrescentou ela. "Por enquanto só estou economizando."

"Ei, isso é legal. Não é algo que se escuta todos os dias," disse David. "Eu gostaria de ver seus quadros algum dia. E com certeza vou comprar uma," acrescentou. "Parece que você é muito inteligente e criativa."

"Isso é muito legal da sua parte. Por enquanto não parece, mas vou resolver tudo eventualmente."

"Você tem muito tempo. E não é errado tentar economizar um pouco de dinheiro primeiro. Não há nada de errado com isso," David disse a ela. Ele deu uma mordida no sanduiche, mastigando e engolindo rapidamente. "A propósito, Reagan, espero que você tenha tido um Feliz Natal."

"Sim, obrigada. O mesmo para você."

"Nós tivemos. Não fizemos muitas coisas, então foi bom. Dallas ficou aqui por um tempo, e depois foi ver a namorada."

"Ah, ok. Ele está em casa nas férias?" Ela perguntou.

"Sim. Bem, mais ou menos. Ele não fica muito aqui. Ele está sempre por aí. Não consigo manter aquele menino quieto," David disse. "Jackson está sempre em movimento também, mas não tanto quanto Dallas."

Jackson continuou a comer como se seu nome não tivesse sido mencionado.

"Percebi," Reagan disse, olhando para ele enquanto tomava um gole de sua bebida.

"Então, o que você vai fazer no Ano Novo, Reagan?" Perguntou David.

"Uh, eu não sei, na verdade," ela disse lentamente, sem saber como responder à pergunta. Ela e Jackson não haviam discutido o assunto ainda.

"Bem, se vocês não tiverem planos, são mais do que bem-vindos para passar a noite comigo. Não sei quanto tempo vou conseguir ficar acordado, mas vou tentar."

Reagan sorriu e olhou para Jackson. "Eu adoraria vir... a não ser que... eu não sei o que você quer fazer," ela gaguejou.

"Claro," Jackson concordou. "Eu realmente não tinha pensado nisso ainda, mas por mim tudo bem, se você quiser."

"Excelente. Você gosta de chili, Reagan?" Perguntou David.

"Eu adoro," ela respondeu.

"Legal. Vou fazer meu famoso chili. Não sei se Jackson já te contou, mas meu chili é muito bom. Só que tenha cuidado: quem experimenta fica viciado."

Jackson acenou com a cabeça. "É verdade."

"Ele falou. Ele disse que é a comida favorita dele, na verdade," ela o tranquilizou.

David estendeu a mão. "Viu, é disso que estou falando."

Reagan terminou de comer com Jackson e o pai, depois ficou mais algumas horas. Ela não tinha motivos para correndo-se apressar, mas acabou decidindo voltar, para não se impor a outra refeição.

"Bem, acho que vou para casa," disse ela.

"Tem certeza? Você pode ficar para o jantar, se quiser," David disse.

"Oh, eu agradeço a oferta. Mas é melhor eu lavar algumas roupas antes do trabalho amanhã. Pintar um pouco. Mas muito obrigada," ela respondeu.

"Você é bem-vinda a hora que quiser," ele disse.

"Ei, vejo você na sexta, certo?" Ela o lembrou.

"Vou deixar o chili pronto."

Jackson se levantou e levou Reagan até a porta. Ele tirou o casaco dela do armário e o entregou. Eles saíram no ar frio e Jackson caminhou ao lado dela ao longo da calçada. "Desculpe se papai pareceu um pouco pegajoso. Ele não recebe muita visita, como tenho certeza de que você percebeu."

"Ele não deu nenhum trabalho. Estou feliz só por ele ter falado comigo," disse ela.

"Ele realmente gostou de você," disse Jackson.

"Você acha?"

"Sim. Eu sei que gostou."

"Uau. Que bom, hein? Eu pensei que tinha estragado tudo com aquela piada terrível," Reagan disse.

"De jeito nenhum. Mais do que qualquer coisa, aquele deve ter sido o momento em que ele percebeu. "

"O quê?"

"Que você é perfeita," ele terminou.

Ela parou no meio do caminho, quase em seu carro, e se virou para encará-lo. "Não entendo."

"Entende o quê?"

"Por que você gosta de mim," disse ela.

Jackson sorriu, estremecendo da cabeça aos pés. Ele desviou o olhar por um momento, como se estivesse tentando planejar suas próximas palavras. Então ele olhou para ela. "Porque você é tudo que eu não sou."

Reagan olhou para ele. Ela não sabia se chorava ou ria. A emoção mista em seu rosto deve ter confundido ele.

"O quê? Eu disse algo errado?"

"Não, isso foi muito doce. Mas é um pouco interessante você ter dito isso," ela disse a ele.

"Por quê?"

"Porque eu disse a mesma coisa sobre você para Donna. Eu disse a ela que você é tudo que eu não sou."

"Disse?" Ele perguntou.

"Sim, eu juro."

"Bem, então acho que fomos feitos um para o outro," disse ele. Ele deu o melhor beijo que podia apesar das pernas trêmulas.

Ela o beijou de volta, então se afastou. "Você precisa entrar que fique doente."

Ele sorriu. "Tenha cuidado ao ir para casa."

"Vou ter," ele a ajudou ao subir no banco do motorista.

Ele acenou e correu de volta para a casa.

A semana seguinte foi repleta de reclamações do terrível trio no trabalho, a empolgação de Jen sobre o novo relacionamento de Reagan e um enxame de retorno de presentes pós-Natal. Reagan vivia um dia de cada vez, esperando pacientemente pela sexta-feira. Quando finalmente chegou, ela se viu olhando para o relógio, desde o momento em que ela chegou até a hora de sair. Ela deu a Jen um rápido 'adeus' e então correu para o carro.

Após uma breve parada na loja de mantimentos, ela chegou em casa e começou a preparar *cupcakes*. O forno não os assava com a rapidez que ela desejava, mas ela estava vestida e pronta para sair antes de perceber. Tupperware na mão, ela ligou o carro, que mal teve a chance de esfriar de novo.

Reagan não tinha planos para a véspera de Ano Novo há vários anos, pelo menos nenhum além do conforto de seu sofá. E embora isso a fizesse se sentir boba, ela havia comprado algumas línguas de sogra e chapéus coloridos para a ocasião. Ela começou a dirigir para a Cherry Street, sentindo-se animada o suficiente para pular e correr o resto do caminho se fosse necessário. Mais uma vez, ela estacionou o carro atrás do de Jackson e subiu à calçada. Jackson abriu a porta antes que seus pés pudessem chegar lá.

"Vamos. Vamos. Papai está me deixando louco, perguntando onde você está," ele disse a ela.

"Eu me arrumei o mais rápido que pude," ela respondeu.

"O que é isso?" Ele perguntou, olhando para o Tupperware.

"Oh, uma pequena surpresa." Ela abriu a tampa apenas o suficiente para que ele pudesse ver a cobertura e sentir o cheiro do chocolate. Reagan sorriu para ele, esperando sua reação.

Ele ficou sem palavras no início, mas sua expressão falou por si mesma. Como uma criança em uma loja de doces, os *cupcakes* pareciam excitá-lo.

"Uau, parece delicioso," ele disse a ela. "Você não precisava fazer isso."

"Sem problema. Na verdade, usei a massa pronta e não me deu muito trabalho."

"Ah, não importa. Obrigado. Papai vai adorar. Chocolate é o seu sabor favorito," ele disse a ela.

"Bom. Isso é ainda melhor," ela disse enquanto fechava a tampa.

Eles caminharam em direção à cozinha, onde o pai de Jackson estava parado perto do fogão, mexendo o conteúdo de uma panela. David virou a cabeça a tempo de pegá-los entrando pela porta.

"Reagan! Você veio," disse ele. Ele deixou a colher na panela e se aproximou para conversar com a convidada. "Você está pronta para experimentar um pouco de chili saboroso?" Ele perguntou a ela.

"Sim, está cheirando bem. E eu estou morrendo de fome," ela

disse. "Hum, isso é para você," ela adicionou enquanto entregava o recipiente de *cupcakes* para David.

Ele sorriu, olhou para Jackson, então olhou para Reagan. "Você não precisava trazer nada." Ele abriu a tampa, examinou as sobremesas deliciosas e fofas do tamanho da palma da sua mão, então estendeu a mão e a abraçou. "Isso foi muito atencioso de sua parte, Reagan. Obrigado."

"De nada, mas eu prometo que não me deu trabalho ."

"Ok, toda essa comida está me deixando com fome. Vamos comer," declarou David. "Reagan, você pega primeiro."

"Ok, obrigada," respondeu ela.

"Tem um pouco de queijo e cebola aqui, se você quiser. Ah, e o mais importante, o pão e a manteiga de amendoim," disse ele.

"Você faz isso também? Adoro sanduíche de manteiga de amendoim com pimenta," disse ela.

"É o melhor," respondeu ele.

Cada um pegou seu chili, sanduíche de manteiga de amendoim e um bolinho e se sentaram na sala para comer e assistir TV. Reagan tinha polvilhado queijo e cebola em sua tigela, disposta a arriscar a azia que ela certamente sofreria depois. Mas quando ela deu a primeira mordida, ela sabia que valeria a pena.

"Oh, uau. Eu entendo porque este é o seu favorito," ela disse a Jackson.

"Bom, não é?" Jackson perguntou.

"Sim. Muito bom. Sr. Holloway, isso está ótimo. Obrigada novamente por fazer isso."

"De nada. E, por favor, me chame de David." Ele mudou os canais, sem saber o que assistir. "Vocês preferem assistir futebol ou... um filme? Essas são as únicas opções razoáveis por enquanto."

"Por mim tanto faz," respondeu ela.

"Tudo bem, então aqui está ok, eu acho," ele disse, decidindo por um jogo. Ele deu uma mordida no chili e continuou a falar.

"Eu tenho que ser honesto, pessoal. Não sei se vou aguentar até meia-noite. Foi uma semana longa."

"Ah. Que pena. Agora me sinto ainda mais terrível por você ter se dado ao trabalho de cozinhar," Reagan disse.

"Eu prometo que está tudo bem. Em comparação com a semana que tivemos, isso foi um descanso, hein?" Ele disse olhando para Jackson.

Jackson acenou com a cabeça, muito envolvido com seu chili para responder em voz alta.

"Ah é, Jackson disse que vocês estavam trabalhando em um prédio comercial ou algo assim," disse ela.

"Sim. Nós ficamos lá a semana toda. É um trabalho tedioso, só isso," David disse a ela.

"Eu imagino. Deve ser difícil. Não sei como vocês conseguem," disse ela.

"Bem, você se acostuma depois de um tempo. E eu não faço o trabalho pesado. Os caras fazem a maior parte."

"Ha," Jackson finalmente falou entre mordidas. "Ele está apenas sendo modesto. Para quem é dono da empresa, papai faz demais. . Faz com que a maioria de nós pareça funcionários ruins," insistiu Jackson.

"Ah, é?" Reagan perguntou.

David parecia que ia discordar da declaração de seu filho, mas Jackson continuou antes que ele pudesse falar uma palavra.

"Sim. Eu juro, ele poderia quebrar o braço que continuaria trabalhando." Jackson disse.

David desistiu e jogou a mão direita no ar.

"Não faz mal," disse Reagan. "Ele é um trabalhador dedicado."

"Obrigado," David disse.

"Sim, não vai fazer mal até o dia em que ele exagerar," disse Jackson.

"Ah, por favor," David começou. "Você age como se eu tivesse oitenta anos. Tenho só cinquenta. Ainda tenho muito trabalho pela frente."

"Isso mesmo. Você tem cinquenta, não vinte, pai. E por que você tem muito trabalho pela frente? É por isso que você é o dono da empresa, para que outros possam fazer o trabalho."

"Sim e não. Eu não posso fazer isso. Eu não sou assim. Você vai entender um dia," David argumentou.

Reagan sentou no sofá ao lado de Jackson, ouvindo os caras discutirem enquanto engolia seu chili. Ela não sabia se deveria falar ou apenas assistir ao futebol. Eles finalmente pararam tempo suficiente para ela mudar de assunto.

"Esta casa é tão bonita," disse ela.

"Obrigado. Eu mesmo a construí," David disse a ela.

"Viu o que eu quero dizer? Ele nunca para," Jackson disse.

Reagan tentou controlar a vontade de rir, mas ela deixou escapar de qualquer maneira. Os dois rapazes olharam para ela com surpresa. "D... desculpe," ela murmurou entre gargalhadas. "Vocês me fazem rir. Vocês brigam como um casal de velhos."

"Não tem como ser diferente. Ele é tão teimoso," disse Jackson.

"Eu sou teimoso?" Perguntou David. "Você é o teimoso."

"Sim, eu me pergunto de quem puxei," acrescentou Jackson.

"Está bem, está bem. Rapazes. Vamos... vamos..." Ela tentou pensar em algo que eles pudessem fazer ou conversar que os impedisse de discutir. *Podemos jogar um jogo? Não. Ideia terrível. Vamos, pense em algo.*

"Vamos experimentar esses deliciosos *cupcakes*," sugeriu David.

Reagan acenou com a cabeça em aprovação. "Sim. Boa ideia, hein?" Ela perguntou a Jackson, dando-lhe um leve empurrão.

"Sim, bem, eu já comi o meu," disse ele calmamente.

"Você comeu?" Ela perguntou, sem ter notado.

"Sim, eu meio que empurrei entre mordiscadas de chili."

"Oh," ela respondeu, tentando não rir. "Estava bom?"

"E como. Estava ótimo," Jackson disse.

"Mmmm..." David murmurou com a boca cheia de bolo. "Muito bom."

"Encantador, pai," Jackson disse, olhando para seu pai.

Reagan riu, então decidiu experimentar seu *cupcake* também. Ela ficou surpresa com o quão bom eles estavam. As gotas de chocolate que ela adicionou à massa deram a eles um toque especial.

A discussão parou após comerem *cupcake* e os três ficaram quietos enquanto assistiam TV. Por volta das onze, David mudou o canal para uma das estações que cobriam a celebração do Ano Novo. Uma mistura aleatória de músicos se apresentava no palco, ajudando o tempo a passar mais rápido até a última hora do ano. Jackson conseguiu comer mais três *cupcakes* durante o processo de espera pela bola cair.

David aguentou até cerca de onze e quarenta antes de finalmente cochilar. Seu queixo caiu até o peito. Jackson deu uma cotovelada em Reagan e acenou com a cabeça em direção a seu pai. Ela sorriu ao vê-lo.

"Ele quase conseguiu."

"Estou chocado por ele ter sobrevivido tanto tempo, pra ser sincero." Ele a envolveu em seu braço esquerdo e ela deitou a cabeça em seu peito.

Eles se sentaram juntos e assistiram às últimas apresentações antes do início da contagem regressiva. O coração de Reagan começou a disparar enquanto o cronômetro no canto inferior da TV ficava cada vez mais perto de zero. Ela não sabia o que esperar. Todas as celebrações de Ano Novo de sua vida, ela havia passado com seus pais ou sozinha.

Dez, nove, oito... As vozes na TV gritaram. Para cada segundo contado, seu coração batia duas vezes. Quatro, três, dois, um... Feliz Ano Novo! Ela sorriu, apreciando o momento. Jackson estendeu a mão direita e a colocou em sua bochecha. Ela olhou para ele e engoliu o nó na garganta.

"Feliz Ano Novo," ele disse a ela.

"Feliz Ano Novo," respondeu ela. Ele se inclinou e a beijou por um momento, então se afastou e sorriu. "Ah, quase esqueci," disse ela, levantando-se para pegar a bolsa ao lado dos sapatos.

"Eu trouxe isso." Ela tirou os chapéus e línguas de sogra da bolsa.

Ele sorriu quando ela colocou um chapéu azul em cima de sua cabeça e entregou-lhe uma língua de sogra para combinar. Ela vestiu seu traje de celebração e respirou fundo, então eles assopraram o mais forte que puderam . O aumento repentino de barulho assustou David por apenas um momento, então ele voltou a dormir. Jackson riu da reação de seu pai, então se enrolou com Reagan no sofá. Eles assistiram à celebração contínua e à exibição colorida de confetes na tela. Lá fora, o som de ruídos e fogos de artifício encheu toda a vizinhança. Reagan fechou os olhos, absorvendo o som.

Na manhã seguinte, David estava no fogão novamente. Uma frigideira cheia de bacon escaldante estava ao lado de uma panela com ovos mexidos. O aroma do bacon defumado foi suficiente para despertar Reagan. Ela abriu os olhos lentamente, confusa sobre onde estava por um momento. Então ela olhou para Jackson, que ainda a segurava em seu braço esquerdo, se sentou e bocejou.

"Jackson," ela disse. Ele permaneceu sem se mexer. "Jackson," ela disse um pouco mais alto, com um cutucão no braço. Ele abriu uma pálpebra e olhou para ela. "Bom dia," disse ela.

"Bom dia," respondeu ele.

"Vocês estão com fome?" David perguntou ao entrar na sala de estar.

"Sim, estou sentindo um cheiro ótimo," Reagan respondeu rapidamente. Ela ficou um pouco nervosa. "Uh, eu sinto muito. Não me lembro de ter adormecido."

David deu uma risadinha. "Tudo bem. Vocês pareciam confortáveis, então eu simplesmente os cobri."

"Obrigada. E obrigada por cozinhar... de novo," acrescentou ela.

"Não tem problema. Na verdade, eu meio que gosto de cozinhar," ele insistiu.

Reagan desfrutou de mais uma refeição na casa de Jackson antes de decidir que era hora de ir para casa tomar um banho. Ela ficou um pouco triste por ter que ir embora. Ela não só queria ficar com Jackson, mas também tinha a sensação de que David gostava de sua companhia. Ela ajudou os homens a limparem a cozinha antes de finalmente colocar sua jaqueta e botas. Jackson saiu para engatar o carro para ela.

"Sabe, você pode vir quando quiser," David disse a ela, enquanto lhe entregava o recipiente vazio de Tupperware. "Desculpe, acho que comemos todos."

"Que bom. Eram para isso. Além disso, eu não seria capaz de comer tudo mesmo."

Jackson voltou pela porta. "Está frio pra caramba. Eu esperaria um minuto para aquecer." Jackson deu uma olhada para seu pai, como se pedisse alguns minutos a sós.

"Bem, eu vou tomar um banho. Reagan, foi um prazer," disse David a ela.

"Para mim também," ela respondeu.

"Tenha cuidado ao dirigir para casa," disse ele.

"Tomarei. Obrigada novamente por me receber. E por cozinhar toda essa comida deliciosa."

"Sempre que quiser, querida. Até a próxima," ele terminou de falar enquanto se afastava.

"Tchau," ela disse. Ela se virou para Jackson. "Eu me diverti muito," disse ela.

"Eu também." Ele parou por um minuto. "Você não tem que ir ainda, se não quiser."

"Bem, eu não quero, mas eu meio que quero tomar banho e pintar," ela disse a ele.

"Eu entendo."

"Você quer passar em casa mais tarde?" Ela perguntou.

"Sim... por favor," disse ele, rindo.

"Seu pai é muito legal. E ele se preocupa muito com você. Dá pra perceber."

"Eu sei. Às vezes a gente discute um pouco, só isso," disse ele.

Ela riu. " E tudo bem. Como você acha que eu sei que ele te ama?"

Ele acenou com a cabeça em retorno. "Vejo você mais tarde," disse ele.

"Estarei esperando você," respondeu ela, virando-se para sair pela porta.

Mais uma vez, Reagan voltou para casa atordoada. Era uma sensação incrível ser abraçada da maneira como ele a abraçava, e era só nisso que ela conseguia pensar. Ela não sabia o que aconteceria de agora em diante. E ela não sabia exatamente o que eles seriam. Mas ela sabia que aquela era uma maneira incrível de começar o ano novo.

CAPÍTULO 10

Quando chegou a metade de janeiro, outros 20 centímetros de neve haviam caído e Reagan havia terminado mais uma semana de trabalho na loja. Ela estava se sentindo melhor do que há muito tempo. A emoção que sentia pela forma como Jackson a respeitava mudou sua vida mais do que ela poderia ter imaginado. Mesmo as horas horríveis que ela passava no shopping, de segunda a sexta-feira, pareciam um pouco mais brilhantes agora que ela tinha algo pelo que ansiar.

Claro, ela e Donna tinham muito mais para conversar agora que a vida de Reagan havia mudado de direção. Neste sábado em particular, Reagan notou um sorriso exagerado no rosto de Donna no momento em que ela entrou pela porta. Ela se aproximou do balcão lentamente, estudando a expressão de Donna.

Então ela finalmente perguntou: "Tudo bem, o que está acontecendo?"

"Bem, para falar a verdade, tenho algumas novidades para você," respondeu Donna.

"Ok, estou ouvindo," disse Reagan, com interesse, enquanto se inclinava sobre o balcão.

"Mary anunciou oficialmente que se aposentará no final de janeiro."

"Você está brincando!" Reagan gritou mais alto do que ela esperava. "Desculpe," ela sussurrou. "Sério? Isso foi rápido."

"Eu sei," respondeu Donna. "Eu já sabia que isso ia acontecer, mas não sabia que seria tão cedo."

"Isso é ótimo! Acho que devo me candidatar agora. Ou devo simplesmente falar com Vickie?" Reagan ponderou.

"Na verdade, eu já falei. Assim que ouvi a notícia, disse a ela que achava que você seria a candidata perfeita," disse Donna.

"O que ela disse?" Reagan perguntou, lutando para conter sua excitação.

"Ela concordou," respondeu Donna, quase antes que Reagan pudesse perguntar. "Ela disse que adoraria ter você aqui. Claro, ela provavelmente ainda vai fazer você se candidatar, mas sei que ela vai contratá-la não importa o que aconteça."

"Ah, isso é incrível." Reagan estendeu a mão sobre o balcão e tentou o seu melhor para abraçar a amiga. "Obrigada. Muito obrigada por me indicar. Eu estou mesmo grata."

"De nada, querida. Mal podemos esperar para ter você aqui."

"Ela está aqui hoje?" Reagan perguntou.

"Ela ficará mais um pouco. Ela geralmente não fica muito tempo aos sábados, mas eu disse a ela que você provavelmente viria," Donna respondeu.

Reagan fez uma pausa para se permitir assimilar a notícia. "Ok, vou preencher o formulário. Então, vou encontrar um livro e volto daqui a pouco." Reagan subiu as escadas para o escritório de Vickie. Ela encontrou com dificuldade para andar com as pernas trêmulas. Não era muito o nervosismo o que a estava afetando, mas uma empolgação avassaladora. Ela não tinha certeza se era por causa da ideia de deixar a loja Katie, ou porque ela seria paga para fazer o que amava, ou talvez as duas coisas. Mas ela sabia que mal podia esperar para isso acontecer.

Quando ela chegou ao escritório, a porta estava aberta. Vickie, uma pequena mulher de meia-idade, estava sentada em sua mesa, trabalhando no computador. Ela olhou para o som sutil vindo da jaqueta de Reagan.

"Reagan, bom dia. Eu estava esperando por você."

"Bom dia," respondeu Reagan. "Você me conhece... venho todos os sábados de manhã."

"Sim, você deve ser nossa visitante mais leal," disse Vickie, rindo.

"Então, Donna me disse que Mary está se aposentando."

"Sim, ela sentiu que estava na hora. O marido dela se aposentou há cinco anos. Tenho certeza que ela está pronta para passar algum tempo com ele em casa," Vickie disse.

"Eu não a culpo." Reagan parou desajeitadamente por um momento, as suas habilidades sociais desaparecendo. "Eu pensei, hum, se estaria tudo bem se eu me candidatasse para a posição dela? Eu sei que é cedo, mas..."

"Nós adoraríamos ter você aqui, Reagan," Vickie disse sem hesitação.

"Mesmo?"

"Claro. Você é perfeita para a posição. Você é inteligente, generosa e agradável, e talvez conheça a biblioteca melhor do que eu."

Reagan sorriu. "Obrigada."

"Vou mandar você preencher a papelada, principalmente para que tudo esteja documentado. Mas, contanto que queira a posição, ela é sua," Vickie a tranquilizou.

"Sim, que muito," disse Reagan. "E eu posso vir até aqui andando. Nunca terei que me preocupar com problemas com o carro," acrescentou ela.

Vickie riu novamente. Ela pegou o papel que ela já tinha pronto no canto de sua mesa e entregou a Reagan. "Vá em frente e preencha, traga-o assim que tiver tempo, para que eu possa colocar suas informações no sistema."

"Oh, eu farei isso agora se estiver tudo bem. Não vai demorar muito," Reagan insistiu.

"Claro, sem pressa."

Reagan preencheu o formulário o mais rápido e ordenadamente que pôde e o devolveu a Vickie. "Aqui está."

"Obrigada. Entrarei em contato com você em breve, para que possamos obter suas informações fiscais, horário de trabalho e coisas assim, tudo bem."

"Parece ótimo. Muito obrigada," Reagan disse a ela novamente, antes de sair pela porta.

Ela vagou até a seção de ficção para escolher um novo livro, então correu para a recepção. Donna parecia estar esperando seu retorno, pois ela já estava olhando na direção do corredor favorito de Reagan.

"Bem, como foi?" Ela perguntou.

"Foi ótimo. Ela me fez preencher alguns papéis, mas basicamente me disse que o trabalho é meu," disse Reagan.

"Oba! Eu estou tão feliz por você. E você certamente merece."

"Obrigada, Donna. Eu mal posso esperar. Tenho a sensação de que as próximas semanas vão se arrastar."

"Provavelmente. Mas vai acabar antes que você perceba," disse Donna, deslizando o livro de volta para Reagan. "Pronto."

"Tudo bem. Acho que te vejo no próximo sábado," disse Reagan.

"Tenha um bom fim de semana. E parabéns, querida."

Reagan entrou em seu apartamento e imediatamente ligou para Jackson.

"E aí, como vai?" Ele perguntou.

"Adivinha?" Reagan começou, tentando conter sua empolgação.

"O quê?"

"Vou trabalhar na biblioteca."

"Ei, isso é ótimo, Reagan," respondeu ele.

"Eu sei, né? Donna me disse, tipo um mês atrás, que ela achava que Mary ia se aposentar, mas não imaginávamos que seria tão cedo. Não consigo nem colocar em palavras o quão aliviada estou. Quer dizer, não sobre Mary estar se aposentando. Ela é muito doce. Estou apenas aliviada por ser eu quem vai ficar com o lugar dela. Mal posso esperar para sair da Katie," Reagan disse a ele.

"Eu não te culpo. Não sei como você trabalha com aquelas meninas. Eu não aguento elas por dois minutos, quanto mais quarenta horas por semana."

"Sim, é uma merda, e acredite em mim, eu só vou porque preciso do salário. Mas eu me sinto mal por deixar Jen, ," ela disse. "Agora ela vai ficar presa lá sozinha com elas."

"Bem, meu palpite é de que ela provavelmente também vai encontrar outro emprego. Tenho certeza que ela vai entender. Está tudo bem. Você merece não odiar ir ao trabalho todos os dias," ele a tranquilizou.

"Eu sei que ela ficará feliz por mim. Só espero que ela encontre algo. Não há muitos empregos hoje em dia."

"Tenho certeza de que algo vai acontecer. Vou ficar de olho nela. Você sabe disso."

"Obrigada. Bem, de qualquer maneira, parece que o salário será quase o mesmo que recebo agora, o que é bom," Reagan disse a ele.

"Sim, com certeza. Então, quando você começa?" Ele perguntou.

"Mary trabalha até dia 29, então provavelmente começarei no dia 31, eu acho. Eu ainda não tenho certeza. Vickie disse que entraria em contato em breve para resolver tudo."

"Isso é incrível, querida. E apenas pense... apenas mais duas semanas com o terrível trio," acrescentou.

"Ha, nem brinca."

Na segunda-feira, Reagan estacionou em seu lugar de costume, sem saber se se sentia feliz ou triste por dar suas duas semanas aviso de antecedência. A maior parte de seu corpo estava tomada de alegria, mas ela ainda se sentia péssima por deixar Jen. Angie deveria estar no trabalho aquele dia, então era a oportunidade perfeita para dar a notícia. Mas, antes de mais nada, ela queria que Jen soubesse.

Como de costume, Jen estava em frente ao seu armário na sala de descanso quando Reagan entrou. Jen tomou um gole de seu café enquanto colocava o casaco no armário. Quando ela fechou a porta, Reagan estava lá, esperando.

"Oh, ei," Jen disse. "Vejo que não sou a única que apareceu para mais uma semana horrível."

Reagan riu. "Bom dia, Jen."

"Eca! Este café tem gosto de merda," Jen anunciou. Ela olhou para Reagan, que estava tentando desesperadamente manter o rosto sério. "Que foi?" Jen perguntou.

"O quê?" Reagan perguntou.

"Que foi?" Jen repetiu. "Parece que algo está errado?"

"Bem, não. Não há realmente nada de errado. Eu meio que quero te contar uma coisa," disse Reagan.

"Ok..."

"Ok. Bem, eu fui para a biblioteca sábado. Você sabe, como eu sempre faço."

"Sim?" Jen perguntou, esperando Reagan continuar.

"E Donna, a senhora da recepção, me disse que uma das bibliotecárias, Mary, se aposentará no final de janeiro. Então... eu... uh... eu..." Reagan gaguejou.

"Você conseguiu o emprego?" Jen perguntou, com interesse.

"Eu... sim. Sim, elas me disseram que eu poderia ficar com o emprego."

"Oh, graças a Deus," disse Jen.

"O quê?" Reagan perguntou, surpreso com sua resposta.

Jen começou a rir. "Não, eu não quis dizer isso. Desculpa. Oh, você vai me matar."

Reagan inclinou a cabeça em confusão. "Não estou entendendo."

"Ok. Reagan, estamos aqui há mais de um ano. Você sempre me protegeu e, francamente, você é a única coisa que torna este trabalho suportável. Decidi há um tempo que não sairia, a menos que você tivesse a oportunidade de se demitir antes."

Reagan desviou o olhar, tentando não chorar. "Então, você está me dizendo que ficou aqui só por minha causa?"

"Eu acho que é praticamente isso. Mas eu fiz isso por saber como aquelas garotas te tratavam. E eu sabia que você não ficaria muito tempo. Eu queria estar sempre que elas fizessem alguma merda com você," Jen insistiu.

"Bem, agora me sinto péssima," disse Reagan.

"Por quê?"

"Porque você estava ficando para me proteger, e eu arranjei um emprego. Eu ia simplesmente te abandonar aqui." A culpa a enojou e seus olhos se encheram de lágrimas.

"Não. Não se sinta. Nós duas sabíamos que você sairia daqui, de uma forma ou de outra. Era só questão de tempo. Nunca houve uma garantia de que eu iria a qualquer lugar. Eu teria te matado se tivesse ficado aqui por mim e você sabe disso," Jen disse a ela. "Por favor, não chore e não fique com raiva de mim. E, por favor, por favor, não se sinta mal por conseguir o emprego na biblioteca. Você merece gostar do seu trabalho."

"Quer saber? Eu provavelmente gostaria daqui, se não fosse por elas," disse Reagan.

"Sim, eu concordo. Achei que seria um bom trabalho quando me candidatei. Até que eu as conheci." Jen se encolheu e deu de ombros.

Reagan começou a rir. Ela respirou fundo e depois soltou o ar. "Tudo bem, acho melhor eu ir falar com Angie. Ela está aqui?"

"Sim, ela está lá dentro," disse Jen. "Eu vou lá fora. Vejo você quando terminar. Boa sorte."

"Obrigada," respondeu Reagan. Depois que Jen saiu, Reagan bateu na porta da sala de descanso que dava para o escritório de Angie.

"Entre," gritou Angie de dentro. Reagan entrou e fechou a porta atrás dela. "Bom dia, Reagan."

"Bom dia. Você tem um minuto?" Ela perguntou nervosa.

"Claro. E aí?" Angie perguntou.

Reagan se sentou na cadeira do canto, apoiando as mãos no colo. "Hum, eu queria que você soubesse que abriu uma vaga na biblioteca. Disseram que adorariam que eu trabalhasse lá e é perfeito para mim."

Angie concordou com a cabeça. "Sim, é muito perfeito para você, na verdade. Então, você aceitou, estou supondo?"

"Sim."

"Isso é ótimo, Reagan. Eu não quero que você vá embora, mas, como amiga, estou feliz por você," Angie disse.

"Obrigada. Então, você não está brava?"

Sua chefe riu um pouco. "Não, claro que não. Eu não ficaria brava com você por aceitar um emprego no qual você pode ser mais feliz. É uma coisa boa."

"Eu sei, mas me sinto mal por deixá-la na mão," Reagan disse.

"Nós vamos ficar bem, eu prometo. Então, quando você começa? Ou devo perguntar por quanto tempo você ficará aqui?" Angie disse, rindo.

"Bem, eu devo descobrir com certeza nos próximos dias, mas acho que começarei lá pelo dia trinta e um. Então, estarei aqui até a próxima sexta."

"Tudo bem. Agradeço por você ter me avisado. Isso me ajuda muito," disse Angie.

"De nada. Eu teria te contado antes, mas acabei de descobrir."

"Sem problemas." As duas pararam por um momento, antes que Angie continuasse. "Se você precisar de alguma coisa, não hesite em perguntar, ok? Eu ficarei feliz em ajudá-la de qualquer maneira."

"Obrigada, eu agradeço," Reagan respondeu.

"De nada. Você tem sido uma ótima funcionária. Você está

sempre aqui e na hora certa. Você trabalha duro e nunca reclama. Vai ser difícil substituí-la, dizer devo confessar," disse Angie, sorrindo.

Reagan sorriu de volta para ela. "Obrigada, Angie. Então, acho melhor eu sair e ajudar Jen."

"Pode apostar. Vá lá fora," brincou Angie.

Reagan saiu para a loja. Jen estava esperando ansiosamente por ela no balcão.

"Então, como foi?" Jen perguntou imediatamente.

"Foi tudo bem. Ela ficou realmente muito feliz por mim."

"Achei que ficaria. No máximo ficou chateada por estar perdendo uma funcionária tão boa," disse Jen.

"Foi o que ela me disse. Mas também disse que está tudo bem." Reagan exalou lentamente. "Estou feliz que acabou. Agora posso passar pelas próximas semanas. Mas e você?" Ela perguntou, virando-se para Jen. "O que você vai fazer?"

"Uh, acho que vou esperar até que ela contrate alguém, então vou ligar para minha tia Cindy e ver se posso trabalhar em sua loja no centro. Ela é dona daquela loja de antiguidades bacana na rua principal."

"Oh, sério? Nunca estive lá, mas sempre quis dar uma olhada," Reagan disse a ela.

"Bem, se tudo der certo, eu estarei lá em breve e você pode ir me ver," Jen sugeriu.

"Definitivamente," Reagan respondeu.

Os últimos dias de Reagan passaram mais rapidamente do que ela esperava. Antes que ela percebesse, ela estava dizendo 'tchau' para Angie pela última vez. Claro, ela lembrou Jen que ela entraria em contato. E, naturalmente, ela não deu nem uma última olhada ao trio, muito menos palavras. Ela dirigiu direto para casa, sorrindo brilhantemente e sentindo-se aliviada com a liberdade que sentia.

Jackson ligou para Reagan antes do trabalho naquela manhã e disse a ela que queria surpreendê-la com algo especial em seu último dia. Ela não tinha ideia do que ele tinha em mente, mas sabia que seu carro não poderia levá-la rápido o suficiente. Quando ela chegou, o carro dele já estava estacionado na vaga ao lado de onde ela havia parado o dela. Ele lançou um sorriso para ela através da janela, aquecendo-a mesmo na temperatura ártica. Ela correu para fora do carro para ficar diante dele.

"Ok, o que está aprontando?" Ela perguntou.

"Ah, nada..." respondeu ele.

"O que você colocou na sacola?" Ela perguntou, olhando para o assento.

"Engraçado você perguntar." Ele estendeu a mão para o lado do passageiro e pegou a sacola do supermercado. "Eu comprei algumas coisas."

"Ok..." ela respondeu, espiando na sacola.

"Vou tentar fazer lasanha para você," ele disse.

"Sério? Parece incrível."

"Deus, eu espero que sim. E não se preocupe, não vou deixar bagunça nem nada," prometeu.

"Ah, tudo bem. Não estou preocupada com isso. Mas não sei se vou aguentar ficar sentada sem fazer nada."

Ele fechou a porta do carro e eles entraram. "Por favor, eu quero fazer isso. Você vai ter que encontrar outra coisa para fazer."

"Certo, tudo bem. Vou pintar ou algo assim. Mas se você quiser uma ajudinha,,me diga, por favor. Não seja teimoso," disse ela.

"Eu? Teimoso?"

"Sim, você," ela enfatizou.

Ele começou a rir enquanto colocava as compras no balcão da cozinha. "Eu até comprei uns..." ele começou pegando o último item na sacola. "... pães de alho pra gente."

"Mmm. Eu amo pão de alho."

Reagan ligou a TV, tentando ignorar o fato de que Jackson

estava na cozinha sozinho, preparando seu jantar de comemoração. Pelos primeiros quinze minutos, ela ficou sem saber o que fazer, alternando o olhar entre o noticiário da noite e o homem bonito em frente ao fogão. Ele olhou para ela e começou a rir.

"Reagan, estou bem. Eu prometo. Não preciso de ajuda," ele insistiu.

Ela sorriu, sem perceber o quanto ela estava olhando para ele. "Desculpa. Eu sei que você está bem. Eu só me incomodo que você esteja trabalhando e eu não esteja ajudando, só isso."

"Eu agradeço, mas eu quero fazer isso. Relaxe, por favor."

"Tudo bem."

Ela ficou parada por um momento, sabendo que não tinha interesse em assistir ao noticiário. Então, ela decidiu colocar um filme e uma tela nova no cavalete. Assim que começou a mover o pincel, sua preocupação sobre se Jackson precisava de ajuda com o jantar começou a diminuir. Antes que ela percebesse, um lindo buquê de flores da primavera tomou forma na tela e o apartamento se encheu com o cheiro de parmesão e alho.

"Está lindo ," Jackson disse a ela, olhando por cima de seu ombro.

Ela se virou, surpresa com sua presença repentina. "Obrigada."

"Quero dizer. Eu não sei como você faz isso. Você realmente tem um dom," ele disse.

Reagan corou um pouco. Ela não estava acostumada com outras pessoas vendo suas obras de arte. "Obrigada. Não sei como explicar. Eu posso ver uma imagem, você sabe, em minha mente. Eu posso ver como se estivesse bem na minha frente. Então, apenas transfiro para a tela. Sempre adorei. Mesmo quando era uma menininha, algo sobre a pintar sempre me relaxou ."

"Bem, eu acho incrível. Sinto um pouco de inveja, para ser sincero," disse ele.

"Inveja de mim?" Ela perguntou.

"Sim, de você. Você tem um talento que a maioria das pessoas passa a vida sonhando em ter. É incrível e lindo."

Reagan ficou em silêncio por um momento, absorvendo a sinceridade de sua expressão. Ela ainda não sabia como interpretá-lo às vezes, mas seu olhar era inconfundível. Uma grande sensação de felicidade encheu cada centímetro de seu corpo. Ela olhou para os dedos dos pés, incapaz de segurar o olhar dele.

"O que foi?" Ele perguntou.

"Nada. É só que... às vezes ainda me surpreendo que você seja tão legal comigo," disse ela.

"Bem, eu amo..." Ele começou.

Seu coração pareceu parar de bater e ela de repente ficou nervosa. Por mais que ela tentasse falar, sua laringe não produzia nenhuma palavra. Ela olhou para ele, esperando que desse o próximo passo.

"Eu amo você," ele finalmente disse.

Por mais que ela tentasse impedir, uma lágrima escorreu por sua bochecha. Ele estendeu a mão e a enxugou.

Ela respirou fundo, trêmula, e respondeu: "Eu também te amo. ".

Ele se inclinou e a beijou, abraçando-a no que seria indiscutivelmente um dos melhores momentos de sua vida.

Jackson finalmente se afastou, olhou-a nos olhos e perguntou: "Agora, você está pronta para comer?"

CAPÍTULO 11

Fosse por causa do amor declarado de Jackson ou do novo emprego na biblioteca, Reagan se sentia uma mulher diferente. Ela se sentia confiante e cheia de energia, talvez pela primeira vez na vida. E pela primeira vez, ela não estava temendo completamente o Dia dos Namorados. Na verdade, a ideia de ter outro motivo para focar em seu relacionamento era empolgante.

Jackson, é claro, tinha feito planos no fim de semana anterior, para o casal desfrutar de um jantar juntos. Ele insistiu que Reagan pedisse a quantidade de frutos do mar que desejasse. Ela havia reconhecido o fato de que ele sentia prazer em tentar mimá-la, embora ainda fosse difícil aceitar todos os seus atos de gentileza. Além do encontro, Reagan disse a Jackson que havia outra coisa que ela gostaria de fazer. Contanto que ele estivesse pronto para uma pequena viagem.

"Então, para onde vamos?" Ele perguntou, enquanto desciam a rodovia.

"Bem, eu até diria que é uma surpresa, mas eu realmente só tenho um lugar para ir," ela respondeu.

Ele acenou com a cabeça, parecendo entender o que ela tinha em mente. "Tudo bem, você acha que eles vão gostar de mim?"

"Gostar de você? Eles provavelmente vão pensar que é uma piada."

"Ha! Por que eles pensariam isso?" Ele perguntou.

"Porque eu nunca trouxe nenhum cara para casa. Definitivamente vai ser novidade para eles. Além disso, olha bem para você," ela disse, gesticulando para o traje dele.

Ele olhou para sua camisa e jeans, então de volta para ela. "O quê? Qual o problema?"

"Nenhum problema. Você está bonito."

"Bem, obrigado. Mas não entendo o que isso têm a ver."

"Só estou comentando, só isso," disse ela.

"Você acha que seus pais vão pensar que eu sou... que eu sou...".

"Eles não vão pensar nada de ruim. Eles vão ficar impressionados," disse ela.

Ele sorriu. "Você acha?"

"Uh, sim. Sem dúvida."

"Bem, eu estava preocupado em não ser o que eles imaginavam para sua filha," disse ele.

"Por que você imaginaria isso? Você é perfeito."

"Em primeiro lugar, estou longe disso. E, em segundo lugar, já falamos disso várias vezes. Se alguém tem sorte, sou eu. Você é uma mulher incrível, e garanto que eles sabem disso. Sou só um cara qualquer," disse ele.

"Não, você não é," ela disse a ele. "Você é o que toda mulher sonha em ter." Ele começou a rir e balançou a cabeça.

"O quê?" Ela disse, rindo dele. "Você não acredita em mim?"

"Não, não acredito," respondeu ele. "Você não me escolheria no meio de uma multidão."

"Tudo bem. Então, diga-me por que Valerie tentou tanto chamar sua atenção?" Reagan perguntou.

Ele encolheu os ombros. "Seu palpite é tão bom quanto o meu. Porque ela ama atenção?" Ele sugeriu.

"Bem, sim, mas esse não é o único motivo. Quando você e seus amigos entraram, ela foi até você. Ela os ignorou completamente e escolheu você. O que isso quer dizer?" Reagan perguntou.

"Caramba, eu não sei. Fiz tudo o que pude para ignorá-la sem ser maldoso."

Reagan sorriu, lembrando-se daquele dia. "Eu sei, foi hilário. Mas enfim, ela tentou porque viu em você a mesma coisa que eu vejo. E meus pais também vão ver. Confie em mim," ela o tranquilizou.

"Obrigado," ele disse, pegando a mão dela.

Reagan já havia feito esse percurso muitas vezes, mas certamente parecia muito mais rápido com Jackson ao seu lado. Ela sentia como se tivessem acabado de sair quando entraram na rua de seus pais.

"É aqui," disse ela, apontando para a próxima entrada de automóveis.

Jackson estacionou e desligou o Camaro. Ele respirou nervoso. "Tudo bem."

"Eles vão te amar. Vamos." Reagan o cutucou, animada para entrar.

Ele segurou a mão dela enquanto caminhavam em direção à porta. "Então, é aqui que você cresceu, hein?"

"Sim. Meus pais moram aqui desde que se casaram," respondeu ela.

"Legal. Agora posso ver algumas fotos suas," disse ele.

"Fotos minhas?"

"Sim. Você sabe, de criança e outras coisas."

"Oh, não, não, não. Você não quer fazer isso," ela o assegurou, enquanto batia na porta.

"Ha, por que não? Aposto que você era fofinha..." Ele parou quando a porta se abriu.

Bárbara sorriu de volta para eles, sua empolgação óbvia para o mundo. "Vocês vieram! Oh, entre. Entre. Reagan, querida, você não precisava bater."

"Eu não queria simplesmente entrar, mãe," disse ela.

"Tudo bem, querida. Tim, eles chegaram!" Bárbara gritou no corredor.

Reagan olhou para Jackson, que sorriu timidamente. Ela tentou transmitir sua empatia com um olhar. Como sempre, ele parecia calmo e controlado. Ela, por outro lado, sentia como se seu coração fosse pular do peito. Depois dos mais longos vinte segundos que ela poderia imaginar, seu pai entrou na sala.

"Desculpe pela demora," disse Tim, ao lado de Bárbara.

Reagan e seus pais trocaram olhares por um momento. Nenhum deles parecia saber quem deveria falar a seguir.

Sua mãe tentou ajudar a dar inicio a conversa. "Então, Reagan..."

"Ah, certo. Bem, tenho certeza que vocês já sabem, mas este é Jackson. Jackson, estes são mamãe e papai," ela disse.

Jackson e Tim apertaram as mãos um do outro. "Prazer em conhecê-lo, senhor," disse Jackson.

"Prazer em conhecê-lo. Me chame de Tim."

"Bárbara," disse a mãe, passando a trocar um aperto de mão com ele.

"Prazer em conhecê-la," respondeu Jackson.

"Aqui, posso pegar seus casacos," Bárbara ofereceu.

Reagan e Jackson entregaram seus casacos e Barbara os pendurou ao lado da porta.

"Então, Jackson, Reagan nos disse que você trabalha com construção," Tim começou.

"Sim. Meu pai é dono de seu próprio negócio. Trabalho para ele há alguns anos," respondeu Jackson.

"Isso é ótimo. E também é um trabalho difícil," disse Tim.

"Sim, senhor."

"A empresa dele é especializada em algo específico?" Tim perguntou com interesse.

"Bem, não, na verdade não. Às vezes, fazemos grandes projetos em edifícios comerciais ou empresariais. E às vezes trabalhos em projetos residenciais menores, como reformas e outras coisas. Cada semana é diferente," Jackson disse a ele.

"Parece interessante. Aposto que também nunca fica entediante," acrescentou Tim.

"Não, definitivamente não é entediante."

Bárbara deixou os meninos terminarem a conversa antes de falar. "Vocês estão com fome? Jackson, você gosta de tacos? Eu tenho um pouco de carne de taco pronta, se você quiser."

"Sim, o cheiro está ótimo. Eu adoraria," ele respondeu educadamente.

"Obrigada, mãe. Você não precisava fazer isso," Reagan disse a ela.

"Oh, está tudo bem, querida. Eu não me importo. Jackson, sinta-se em casa. Você é bem-vindo para tudo o que quiser," Barbara disse a ele.

"Obrigado," disse ele. Jackson e Reagan tiraram os sapatos e foram até a cozinha para encontrar um bufê de taco no balcão. Tortillas, carne e acompanhamentos estavam alinhados em uma fileira.

"Jackson, tem refrigerante na geladeira, se você quiser. Também tem água ou leite," disse ela.

"Obrigado," disse ele. "Está tudo com uma cara ótima."

Depois de fazerem os pratos, Reagan fez um gesto em direção à sala de estar. "Mãe, tudo bem se comermos aqui?"

"Claro, querida. Está tudo bem. Assistam o que quiserem. O controle remoto provavelmente está na cadeira do seu pai."

Reagan e Jackson se sentaram no sofá, não perdendo tempo em experimentar a comida.

"Iss- é bo-," Jackson murmurou.

"O quê?" Ela perguntou, rindo.

Ele engoliu o que mordeu e tentou novamente. "Isso é bom. Desculpa."

"É. Fazia muito tempo que não comia tacos," disse ela.

Jackson comeu em silêncio por um minuto enquanto olhava

ao redor da sala. Não demorou muito para encontrar o que estava procurando.

"Aww, é você?" Ele perguntou, olhando para o retrato na parede.

Sua expressão de desgosto falou por si mesma. "Sim... sim, sou eu," ela murmurou.

"O que foi?" Ele perguntou a ela, rindo da expressão em seu rosto. "Eu acho fofo."

"Eu tenho algumas que é algumas coisas. Fofo não é uma delas," disse ela.

"Oh, vamos lá. É uma gracinha. Quantos anos você tinha, tipo dez?"

"Ela não era lindinha? Ela estava na quarta série," Bárbara o informou ao entrar na sala. "A menina mais doce que você pode imaginar. Nunca causou problemas. Ela sempre fez seus deveres de escola e se comportou muito bem."

"Bem, devo apostar que seja porque ela foi criada por bons pais," disse Jackson.

"Que gentil da sua parte. Obrigada," respondeu Bárbara. "Eu tenho muitas fotos, se você quiser vê-las."

Reagan quase se engasgou tentando dizer não a sua mãe, mas Jackson interveio antes que ela pudesse.

"Eu adoraria," declarou ele.

"Ah, incrível! Eu já volto." Bárbara largou o prato e correu pelo corredor.

Reagan olhou para Jackson e Tim imediatamente começou a rir.

"Agora você conseguiu," disse ele a Jackson. "Ela vai mantê-lo ocupado por horas."

"Está tudo bem. Esta é uma oportunidade rara para mim," disse Jackson.

"Vai ter volta," Reagan avisou. "Só espera. Na próxima vez que eu visitar seu pai, vou olhar todas as suas fotos. Claro, tenho certeza que todas as suas são incríveis, então você não vai se importar de qualquer jeito."

"Ha, boa sorte tentando fazer meu pai tirá-las de lá," ele disse a ela. "Ele as guardou por um tempo."

Reagan se sentiu péssima imediatamente. Ela nem tinha pensado no fato de que memórias de infância provavelmente eram diferentes para ele. Tim deu uma mordida em seu taco, olhando entre sua filha e Jackson. A sala se encheu de constrangimento. Bem na hora, Barbara reentrou na sala com alguns livros grandes, pelos quais Reagan ficou realmente grata.

"Aqui vamos nós, Jackson," disse Barbara.

Reagan observou enquanto sua mãe revelava toda a sua infância para Jackson. Por mais embaraçoso que fosse para ela, ainda era melhor do que a alternativa de não ter com quem compartilhar as fotos. A alegria que ele parecia sentir com a experiência tornou tudo muito melhor. A tarde passava rapidamente e a hora de visitas estava chegando ao fim. Por ser domingo, os dois esperavam chegar em casa a tempo de aproveitar que o que restava de seu precioso tempo de folga para relaxar. .

"Bem, pessoal, é melhor irmos. Temos que trabalhar amanhã," Reagan finalmente disse aos pais.

"Oh, é verdade, querida. Esqueci completamente de perguntar como está seu novo emprego," disse sua mãe.

"É ótimo. Muito melhor do que estar na loja todos os dias, com os pesadelos que tive de enfrentar."

"É tão bom ouvir isso. Estou feliz que você encontrou algo que é mais agradável para você," disse Barbara.

"Sim, é praticamente o trabalho perfeito, na verdade. E não tenho medo de trabalhar de manhã. Estou pensando que posso continuar economizando por um ano ou mais, então devo estar pronta para abrir a loja."

"Ah, isso é tão emocionante," disse sua mãe enquanto a abraçava. Ela então se virou para Jackson. "Bem, Jackson, foi um prazer conhecê-lo. Você é bem-vindo a qualquer hora que desejar."

"Obrigado. E obrigado por me receber e fazer uma comida

excelente." Ele se virou para encarar Tim e apertou sua mão. "Foi bom conhecê-lo."

"Você também, Jackson. Volte a qualquer hora," disse Tim.

"Nós vamos," Jackson prometeu.

Depois de alguns abraços e despedidas, a dupla saiu pela porta.

Jackson olhou para Reagan quando eles entraram na rodovia. "Seus pais são incríveis."

"Não são? Eles sempre foram tão amorosos e solidários também. Eu sou realmente sortuda por tê-los," disse ela.

"E eu amei as suas fotos. Elas eram fofas. Não sei por que você estava tão preocupada," acrescentou.

"Eu não sei. Você me conhece, sempre envergonhada."

"Eu entendo, mas você não precisa ser."

"Ei, aliás eu sinto muito por ter mencionado suas fotos. Eu não me lembrei," ela disse a ele.

"Está tudo bem. Não é grande coisa. E, você sabe, papai pode pegar algumas delas um dia, quem sabe."

"Só se ele estiver confortável com isso. Não quero que seja estranho para ele," disse Reagan.

"Ele vai ficar bem."

"E... Eu quero que você se sinta bem com isso," ela acrescentou.

"Por você, vou ficar bem," respondeu ele, sorrindo.

Ela acenou com a cabeça, não tendo mais o que dizer sobre o assunto. Em vez disso, ela mudou de assunto. "Na verdade, estou meio animada para trabalhar amanhã."

"Deve ser uma sensação boa," disse ele.

"É. Não consigo nem descrever como é bom ir para o trabalho e gostar do que estou fazendo e as pessoas com quem trabalho. Acho que é o ambiente mais relaxante em que uma pessoa poderia trabalhar."

"Ha, eu aposto! É tão quieto. E têm os sofás e outras coisas. É como ser pago para ficar na sala de estar," disse Jackson.

"Basicamente. E adoro trabalhar com Donna, apesar de ela ser uma distração às vezes," disse Reagan.

"Estou tão feliz por você, querida. Posso dizer que você esteve menos estressada nas últimas semanas."

"Eu sei. É tão óbvio?" Ela perguntou.

"Sim, mas tudo bem. Você merece isso."

"Mas eu ainda me sinto mal por deixar Jen,. Mas ela jura que logo vai trabalhar com a tia. Ela está apenas esperando que Angie contrate alguém."

"Isso é legal da parte dela," disse ele.

"Também achei. Felizmente, ela não matou nenhuma das outras ainda," brincou Reagan. "Ligarei para ela mais tarde e verei como está indo."

Ela olhou pela janela, enquanto o Camaro ia para o sul. De repente, ela sentiu o calor do toque de Jackson. Ele colocou a mão direita sobre a esquerda dela e entrelaçaram os dedos. Reagan sentiu extrema felicidade. O simples ato dele pegando sua mão trouxe conforto. Ela olhou para ele. Ele olhou para ela o máximo que pôde, antes de voltar o olhar para a estrada.

"O quê?" Ele disse.

"Nada," respondeu ela. "Eu estava pensando se você quer ficar um pouco comigo quando chegarmos em casa?"

"Vou ficar o tempo que você quiser," respondeu ele.

"Para sempre?" Ela sugeriu. Eles trocaram um sorriso e Jackson apertou a mão dela. Os pneus zumbiram em seus ouvidos durante o resto do caminho para casa.

CAPÍTULO 12

Antes que Reagan percebesse, o equinócio vernal havia começado. O tempo na biblioteca voava e todos os dias ela ia para o trabalho se sentindo como uma criança indo para o parquinho. Jen havia começado seu novo emprego no centro da cidade, tendo aproveitado completamente a oportunidade de dar às meninas uma última palavra de sua mente. O clima quente finalmente derreteu a neve e os pássaros pareciam ter voltado à vida.

Jackson poderia muito bem ter ido morar com Reagan. Eles passavam a maior parte de seu tempo livre juntos. O pai dele gostava de sua companhia e da oportunidade de mimá-la com sua excelente culinária. Ele acabou revelando algumas fotos antigas de Jackson e, assim como ela esperava, ele era adorável. Ela finalmente conheceu seu irmão, Dallas, que tinha voltado para casa em um fim de semana. Ele foi embora tão rápido quanto havia chegado.

Reagan acordou sentindo-se um pouco mal em uma segunda-feira particular de março. Ela fez o possível para ignorar as cólicas e continuou sua rotina matinal normalmente. Sua infelicidade deve ter sido perceptível para o mundo, porque Donna não demorou muito para expressar sua preocupação.

"Reagan, querida, você está bem?"

"Sim, eu estou bem. Só esperando o remédio fazer efeito. Estou, você sabe..." Ela desapareceu quando agarrou a parte inferior do abdômen.

"Ah. Sinto muito," Donna respondeu.

"Nah, já tive piores antes. Vai melhorar."

"Espero que sim. Isso não é legal."

"Sim. Bem, vou guardar minhas coisas e começar a trabalhar," disse Reagan.

"Ok, querida."

Reagan deixou suas coisas lá em cima e foi imediatamente verificar se havia livros devolvidos. As primeiras horas foram agonizantes, mas conforme o tempo passava e o remédio fazia efeito, ela começou a se sentir normal. A parte boa do dia era que ela iria se encontrar com Jackson em seu trabalho para almoçar. Ela nunca tinha estado na empresa dos Holloway antes, mas ficava a apenas cinco minutos de carro da biblioteca. Quando chegou a hora, Reagan foi até a sala de descanso para pegar sua lancheira. Ela havia feito sanduíches para os dois. Com um aceno rápido para Donna, ela saiu pela porta e desceu a calçada até o carro.

Não demorou muito para que ela abordasse a construtora na periferia da cidade. Havia vários edifícios na propriedade e cerca de vinte veículos alinhados no estacionamento. O Camaro de Jackson estava sozinho no canto. Ela estava nervosa por encontrá-lo no trabalho. Como de costume, ela estava prevendo o pior em relação ao que seus colegas de trabalho iriam pensar dela. Mas se ele a havia ajudado em alguma coisa, foi em ter mais confiança em si mesma. Então, ela decidiu manter a cabeça erguida e tentar o seu melhor para relaxar.

Reagan estacionou ao lado do carro de Jackson, então andou pelo asfalto até o prédio mais próximo. Uma placa que dizia 'escritório' estava afixada acima da porta no final do corredor. Quando ela entrou no espaço do tamanho de um quarto, uma senhora que parecia perto da idade de aposentadoria estava sentada em uma mesa no canto. Havia duas portas na parede oposta. A primeira estava etiquetada com uma placa indicando que era um banheiro. A segunda tinha uma placa com o nome de David. Ela sorriu, presumindo que ele estava sentado dentro do que devia ser seu escritório.

"Posso ajudar?" A mulher perguntou.

"Oi. Meu nome é Reagan Nichols. Estou aqui para almoçar com Jackson."

"Eu posso chamá-lo..."

"Tudo bem. Eu disse a ele que estava a caminho," disse Reagan.

"Tudo bem, querida." A mulher ficou quieta, olhando Reagan por cima dos óculos.

De repente, a segunda porta se abriu e David saiu de seu escritório. "Reagan!" Ele gritou de animação. "Quando você chegou aqui?" Ele a envolveu em um abraço.

"Agora mesmo," ela respondeu. "Eu tenho um longo horário de almoço hoje, então eu ia comer com Jackson," ela disse a ele, segurando a lancheira.

"Legal. Ele vai ficar feliz. Ele sabe que você está aqui?" Perguntou David.

"Bem, eu disse a ele..." Ela começou.

"Oh, ele provavelmente está lá fora limpando. Venha, eu levo você."

"Tudo bem," respondeu ela, seguindo sua liderança. Ela agradeceu à mulher, antes de sair com David. "Aqui é realmente incrível," ela disse a ele.

"Obrigado. Passei metade da minha vida aqui. Não consigo imaginar como minha vida seria sem esse lugar," disse David a ela.

"Isso é compreensível. Você colocou muito de si mesmo nisso."

"E não é?."

Eles entraram no lote de madeira atrás do prédio. Vários homens trabalhavam dentro de um celeiro ao lado. David e

Reagan caminharam até a porta aberta do depósito. Ele se inclinou na parte de trás da caminhonete em que estavam colocando lenha.

"Ei, meninos. Vocês viram Jackson?"

O que estava mais perto de David olhou para ele. "Sim, acho que ele está de volta aos paletes."

"Obrigado, Justin," respondeu David.

"Ei, chefe," um dos outros caras disse. "Eu não sabia que você tinha uma filha," ele concluiu, com um sorriso.

"Eu não tenho. Esta é Reagan. Ela é namorada de Jackson," David disse a ele.

"Ohhh, então é sobre você que ele está sempre falando," o cara disse a ela. "Você tem irmãs?"

"Eli, pare com isso," David instruiu. Ele se virou para Reagan e se desculpou, antes de fazer as apresentações. "Reagan, este são Justin, Eli, Toby, Logan e Henry," disse ele, enquanto apontava para cada um pelo nome.

"Prazer em conhecer todos vocês," disse ela educadamente.

Todos os caras deram a ela um aceno casual ou aceno de cabeça, exceto um... Henry. Ele era cerca de dez anos mais velho do que o resto deles e parecia que não dormia há duas semanas. Ela fez contato visual com ele por um momento, mas desviou o olhar o mais rápido que pôde. Henry olhou para ela com a expressão mais estranha que ela já tinha visto. Era como se ele não tivesse nenhuma emoção. Tudo nele a deixava desconfortável, desde o olhar vazio de seus olhos até a linguagem corporal estranha em sua postura. Ela fez o possível para evitar encontrar seu olhar e seguiu David de volta para fora.

Justin estava certo. Jackson estava na parte de trás da garagem em uma empilhadeira, colocando um último palete em cima de uma pilha de tamanho humano. Ele viu Reagan e David pelo canto do olho e desligou a empilhadeira.

"Desculpe, eu pensei que conseguiria terminar mais rápido. Você esperou muito?"

"Não. Seu pai me encontrou logo depois que cheguei, então ele me trouxe aqui. Você pode terminar se precisar," ela disse a ele.

"Ah, eu terminei. Vamos comer. Têm mesas no escritório. Os caras não devem nos incomodar muito," disse ele.

Ela riu. "Não tem problema. Já conheci alguns deles. "

Uma expressão de pavor encheu seu rosto. "Oh Deus. Eli não te incomodou, incomodou?"

Agora ela riu ainda mais. "Não, na verdade não. Mas ele é uma figura, com certeza."

Ela se viu olhando para trás na porta do depósito enquanto caminhavam pela madeira. Nenhum dos homens estava mais lá, o que foi um alívio para ela. Em breve, ela descobriria o porquê. Quando eles entraram na sala de descanso, o barulho ensurdecedor dos funcionários conversando e chips de batatas sendo mastigados encheu seus ouvidos. Uma pequena TV no canto exibia o noticiário do meio-dia.

Jackson olhou para Reagan. "Tem certeza que quer comer aqui? Eles são bem barulhentos às vezes."

"Sim, está tudo bem," ela insistiu.

"Estarei no meu escritório, pessoal. Tenho mais alguns telefonemas para fazer," disse David a eles.

"Tudo bem, pai." Jackson e Reagan se sentaram em uma mesa vazia e ele foi pegar bebidas na geladeira. "Você quer uma?" Ele perguntou a ela.

"Sim, obrigada."

"É tudo o que temos."

"É perfeito," acrescentou ela.

"Então, como foi seu dia?" Ele perguntou a ela.

"Ok, eu acho. Quero dizer, o trabalho está bom. Eu me senti um pouco mal esta manhã, só isso," ela disse a ele.

"Oh, sinto muito. Está com dor de estômago?"

"Nah, apenas... outras coisas."

Jackson acenou com a cabeça. "Ah. Isso é péssimo. Está melhor?"

"Sim, estou bem agora. Tomei alguns remédios," disse Reagan.

"Que bom," disse ele. "Desculpe se eu estiver fedendo. Eu estou suando a manhã toda."

"Você está não fedido. E está tudo bem, você não precisa se desculpar," ela disse a ele.

"Obrigado por trazer o almoço, a propósito. Especialmente se você não se sentia bem. Não precisava fazer isso."

"Eu não me importo. Eu ia me sentir um mal aqui ou lá."

Os dois assistiram ao noticiário por um minuto, enquanto comiam seus sanduíches. Reagan tomou um gole de seu refrigerante e ouviu a previsão do tempo. Embora ela focasse sua atenção no meteorologista, ela continuava sentindo o desejo de olhar para o outro lado da sala.

Ela sabia que Henry continuava a observando. Ela podia sentir seu olhar. Seu instinto lhe disse para ignorar, mas parte dela tinha que verificar se estava correta. Ela manteve a concentração na tela, mas não ouvia mais o som das notícias. Ela não ouvia as conversas turbulentas das outras mesas. A sala começou a girar. Tudo pareceu escurecer. Finalmente, ela cedeu. Seus olhos verdes passaram da TV para ele. E ela estava certa... Ele estava olhando diretamente para ela. Ela desviou o olhar por um momento, depois foi de volta para ele. Seus olhos se moveram de seu rosto para cada centímetro de seu corpo, então de volta para seu rosto. Seu coração disparou. Ela colocou o sanduíche no guardanapo, as mãos tremendo.

Jackson olhou para ela. "Reagan? Reagan?" Ele olhou para as mãos dela e depois para o seu rosto. Uma única lágrima rolou por sua bochecha direita. Ela olhou para seu sanduíche, sem saber há quanto tempo estava assim. "Reagan, você está bem?" Ela olhou para Jackson, sua voz paralisada. "Você quer que eu te leve para casa?" Ele ofereceu.

Ela balançou a cabeça negativamente.

"Você precisa de algo?" Ele perguntou, tentando desesperadamente ajudar.

Ela balançou a cabeça novamente.

"Você quer comer em outro lugar? Você está me assustando, querida, o que há de errado?"

Ela finalmente concordou com a cabeça.

"Ok, vamos. Vamos para o meu carro por um minuto," ele disse a ela.

"Ok." Reagan finalmente produziu um som.

A ideia de até mesmo ficar de pé era uma tortura, mas necessária. Ela colocou o sanduíche de volta na sacola e se forçou a levantar. Jackson estar ao seu lado era sua única salvação. Ele segurou o braço dela enquanto saíam da sala, atravessaram a recepção e o estacionamento. Ela ainda não tinha falado quando chegaram ao carro. Ele pegou sua mão trêmula e parou ao lado da porta do passageiro.

"Jesus, você está tremendo. Vou te levar para casa," ele insistiu.

"Não," ela disse. "Só me dê um minuto."

Ele a envolveu em um abraço, o mais reconfortante que ela recebeu em toda a sua vida. Quando ela finalmente se sentiu relaxada o suficiente para expressar sua inquietação, ela ergueu a cabeça de seu peito.

"Ok. Um dos caras com quem você trabalha, Henry, estava realmente me assustando."

"Ele é mesmo um cara estranho. O que ele fez?"

"Nada, exatamente. Ele simplesmente não parava de olhar para mim. Não sei como explicar. Era como se ele não fosse humano," disse Reagan. "Eu juro para você, não sou só eu me sentindo desconfortável por nada. Eu sei que às vezes sou assim, mas não era isso."

"Não, eu acredito em você. Esse cara sempre foi estranho, e ele nem mesmo é um trabalhador esforçado. O único motivo pelo qual meu pai o contratou foi porque um de seus amigos pediu um favor. E papai, com o coração imenso que tem, deu um emprego a Henry. Vou falar com ele sobre isso."

"Não. Não faça isso. Não é nada demais. Ele realmente não

fez nada, exceto me assustar, e isso não é uma razão boa o suficiente para metê-lo em problemas," ela insistiu.

"Tudo bem, certo. Mas ficarei de olho nele agora. Você pode ter certeza."

Ela concordou e encostou a cabeça no peito dele novamente. Os sons de seus batimentos cardíacos eram reconfortantes. Ele acariciou suas costas com a ponta dos dedos, quase a embalando para dormir.

"Obrigada, querido," disse ela.

"Você se sente melhor?" Ele perguntou.

"Sim, obrigada. Eu sinto muito. Deus, você provavelmente está morrendo de fome," disse ela.

Ele começou a rir. "Está tudo bem. Ainda podemos comer. Você consegue comer?"

"Eu não sei. Posso comer um pouco mais tarde. Meu estômago está um pouco embrulhado agora. Mas ainda vou ficar com você para almoçar, se quiser."

"Sim se você estiver se sentindo disposta. Venha," ele disse enquanto destrancava o carro. Eles entraram e ele deixou o carro aquecer um pouco. "Quanto tempo você tem?"

Ela olhou para o seu relógio. "Cerca de quinze minutos. Eu preciso estar de volta a uma."

"Tudo bem, vamos tornar esses quinze minutos ótimos." Ele ligou o rádio e colocou na música mais animada que pôde encontrar. "Ok, como posso fazer Reagan se sentir melhor?" Ele perguntou em voz alta.

Ela imediatamente sorriu com seu charme irresistível. Mesmo no que parecia ser um dia cruel, ele ainda conseguia fazê-la sorrir.

"Hmm, o que você tem em mente?" Ela perguntou.

"Bem, eu não queria ter que te dizer isso, mas sou um péssimo cantor. Mas se eu tiver que me sacrificar, cantarei apenas desta vez."

"Ai meu deus," disse ela.

"Você vai pensar ai meu deus' em um minuto," ele disse. "Tudo bem. Aqui vamos nós. Aqui vamos nós."

A música que tocava no rádio acabou e outra começou. Reagan não tinha ideia de qual era a melodia, mas ficou claro que ele conhecia. Em questão de segundos, ele estava cantando a música do melhor jeito que podia. Ela tentou tanto manter o rosto sério, mas era impossível. Ele atingiu notas baixas exageradas e altas estridentes. Foi possivelmente a coisa mais horrível, mas bonita, que ela já tinha ouvido. Quando todos os quatro minutos e meio da música finalmente terminaram, a risada incontrolável de Reagan a fez chorar novamente.

Jackson largou seu microfone imaginário e soltou a risada que estava segurando. "Não foi ótimo?" Ele perguntou a ela.

Ela enxugou as lágrimas dos olhos e respirou fundo, tentando recuperar o controle de seu corpo. "Isso foi incrível," ela respondeu a ele, antes de explodir em gargalhadas mais uma vez.

"Eu também achei," ele concordou. "Não se preocupe, vou te dar um autógrafo."

"Oh, isso seria incrível. Obrigada, me sinto muito melhor agora. ".

"Bom. Isso é o que mais importa. O fato de eu ter revelado esse meu lado extremamente vergonhoso não significa nada," brincou. "Sério, eu te amo. Eu só quero que você se sinta melhor."

"Eu me sinto agora. E eu também te amo."

Depois da apresentação comovente, o estômago de Reagan se acalmou um pouco, permitindo-lhe dar algumas mordidas em seu sanduíche. Eles aproveitaram os últimos minutos juntos, antes que tempo que ela tinha com ele acabasse. Ela olhou para o relógio novamente.

"Puta merda, passou rápido," ela disse a ele.

"Hora de ir?" Ele perguntou.

"Sim, é melhor eu voltar."

"Tudo bem, baby," respondeu ele. "Lamento não ter sido melhor."

"Tudo bem. Valeu a pena, pelo menos ganhei um presente único ," ela disse a ele.

"Único mesmo," disse ele.

Ela sorriu para ele, odiando o fato de que ela ter que ir embora. "Bem, é melhor eu ir. Te vejo mais tarde, certo?"

"Eu estarei lá," ele disse.

Eles desceram do carro dele e foram até o dela. Ela parou na porta e se virou para encará-lo.

"Obrigada novamente pela linda música," disse Reagan.

"É para isso que estou aqui, para fazer você sorrir," disse ele. Ele apoiou a mão direita no carro e se inclinou para um beijo. Ela derreteu no local; seu corpo inteiro se encheu de borboletas. Ele se afastou e deu a ela mais um sorriso bonito. "Vejo você hoje à noite," acrescentou ele.

"Uau," ela suspirou, como se estivesse sem fôlego. "Ok." Foi a única coisa que ela conseguiu murmurar depois disso.

Jackson acenou para ela uma última vez e voltou para o escritório. Reagan ligou o carro e voltou para a biblioteca. Ela fez o possível para se concentrar na estrada, sonhando acordada com o toque de seus lábios. Esta incrível euforia a carregou pelo resto da tarde. A experiência horrível foi facilmente superada experiência boa que Jackson deixou.

Naquela noite, Jackson foi para casa de Reagan, como prometido. Eles pediram uma pizza e começaram um filme. Não importava quantas vezes ela descansava contra ele no sofá, nunca era suficiente.

"O resto do seu dia foi melhor?" Ele perguntou.

"Muito melhor," respondeu ela. "Finalmente parei de sentir que estava morrendo."

"Que bom. Eu ia te dizer, aquele esquisito do trabalho nem olhou para mim no resto do dia."

"Sério?"

Ele balançou a cabeça enquanto dava outra mordida. "Não. Ele é um covarde. Não falou comigo. Não olhou para mim. Quer dizer, ele geralmente não fala muito de mesmo, mas dava pra perceber que ele estava me evitando como uma praga."

"Estranho," disse ela.

"É mesmo," respondeu ele.

"Me desculpe se eu causei algum problema," ela disse a ele.

"Tá brincando? Você não fez nada. Ele é o problema," Jackson insistiu.

"Eu sei, eu simplesmente não entendo. Não entendo por que as pessoas agem assim às vezes," disse Reagan.

"Não faço a menor ideia. Eu também não entendo."

Reagan terminou sua fatia de pizza e se levantou para levar o prato para a cozinha. "Você quer mais antes de eu guardar?" Ela perguntou a ele.

"Nah. Capaz de eu vomitar se comer mais," disse ele.

Ela enfiou a caixa na geladeira, depois caiu no sofá e se encostou nele novamente. "Estou tão feliz por você estar aqui," ela disse a ele.

"Eu também," respondeu Jackson.

Ele correu os dedos pelo cabelo dela, enrolando uma mecha em volta do dedo indicador antes de soltá-la novamente. A ação repetitiva começou a fazê-la adormecer.

Ela olhou para ele com olhos cansados. "Você vai ficar aqui comigo? Só por esta noite."

Ele acenou com a cabeça, deixando cair a mecha de cabelo para baixo novamente. "Claro."

Reagan murmurou, "Ok," deixando qualquer consciência de lado. Então seus olhos se fecharam.

CAPÍTULO 13

Algumas semanas se passaram antes que Reagan parasse de pensar sobre a náusea que sentiu naquele dia no almoço. Eles não falaram sobre o que aconteceu, e Jackson não mencionou seu colega de trabalho desde aquele dia. Ela planejava agir como se nunca tivesse acontecido.

As árvores ainda não estavam cheias de folhas, embora os botões dessem a elas um tom vermelho. Narcisos e tulipas pintavam Newbrook com cores, algo que a cidade precisava desesperadamente após o inverno frio e cinzento. Reagan adorava as flores da primavera. Seu desejo de dar pinceladas na tela aumentava. O aumento da atividade artística resultou em um estoque cada vez maior de pinturas em seu apartamento.

"Você vai ficar sem espaço," brincou Jackson. "Olhe para você, criando toda essa arte linda."

Reagan estava no banheiro, na frente do espelho, envolvendo uma mecha de cabelo em torno de seu baby liss. "Você realmente acha que as pessoas vão gostar delas?" Ela perguntou.

"Eles vão adorar," disse ele da sala de estar. "Ei, eu vou indo. Papai vai me encher o saco o dia inteiro se eu chegar atrasado."

"Ok. Amo você," disse ela.

"Também te amo. Até à noite," ele disse, antes de fechar a porta.

Reagan terminou de se arrumar e saiu pela porta apenas alguns minutos depois dele.

Ela começou seu turno no trabalho como qualquer outro dia, mas ela tinha planos de sair na hora do almoço.

"Ah, sim. Você vai ao dentista," observou Donna, quando Reagan a lembrou de que ela sairia mais cedo.

"Sim," Reagan respondeu, fazendo uma careta para sua amiga. "Mas é só uma limpeza. Não é nada demais."

"Moleza," Donna concordou.

Assim que Reagan começou a trabalhar, já chegou a sua hora de ir embora. Ela falou com Vickie antes de sair e acenou para Donna enquanto partia. Caminhou até o carro, que ainda estava parado na frente de seu prédio, e atravessou a cidade. Cerca de três quarteirões antes do consultório do dentista, ela avistou a equipe de Jackson trabalhando em um local no centro da cidade. Ela sorriu, pensando que seria perfeito passar por lá e surpreendê-lo depois de sua consulta.

Reagan teve a sorte de passar apenas alguns minutos na sala de espera e ainda mais sorte de receber boas notícias do dentista. Isso não era incomum para ela, já que nunca teve uma cárie nos vinte e quatro anos de sua vida. Ficando mais impaciente a cada segundo, ela pagou na recepção e correu para seu carro, na esperança de ainda encontrar Jackson trabalhando na estrada.

Ela dirigiu por mais alguns minutos e estacionou do outro lado da rua, olhando para ver se conseguia identificá-lo entre a equipe. Os capacetes tornavam tudo um pouco mais difícil, mas bastou um pequeno giro de sua cabeça para revelar seu rosto bonito. Ela sorriu, achando prazeroso observá-lo de longe por alguns momentos. Ele e Justin terminaram no que estavam trabalhando e fizeram uma pausa. Eles caminharam até a caminhonete mais próxima para irem até o cooler. Esta era a oportunidade que ela esperava.

Reagan olhou para os dois lados antes de atravessar a rua

correndo. Jackson inclinou a cabeça para trás, bebendo a água que segurava na mão esquerda. Justin viu Reagan primeiro e sorriu para ela, quando ela se esgueirou por trás de Jackson. Ela levou o dedo indicador à boca, esperando que ele não a denunciasse. Ele olhou de volta para Jackson, conseguindo atuar decentemente. Reagan deu um passo atrás de Jackson e correu o dedo por sua espinha.

Ele quase engasgou com a água e se virou para enfrentar o culpado. Ela e Justin riram da reação dele.

"Reagan! Você me assustou pra caralho." Ele se voltou para Justin. "Cara, você tem que me dizer essas coisas."

Justin riu. "Me desculpe, cara."

"Bem, não é uma surpresa boa? O que você está fazendo aqui?" Ele perguntou a ela.

"Eu tinha uma consulta no dentista aqui perto. Quando eu vi você trabalhando, achei que deveria dar uma passada por um segundo," ela disse a ele.

"Ah, é. Esqueci que você ia sair mais cedo hoje. Você tem que voltar?" Ele perguntou.

"Nah, tirei o resto do dia de folga. Vou passar para ver a Jen antes de ir para casa."

"Que legal," respondeu ele.

"Sim. É aniversário dela, então eu comprei um presente. E um bolo."

"Bem, isso é legal da sua parte. Ela vai adorar," disse Jackson.

"Espero que sim. Ei, olhe, não vou te prender, só passei pra dizer oi," Reagan disse a ele.

"Estou feliz que passou. Te vejo hoje à noite." Ele a beijou, então ela mandou um adeus para eles enquanto corria de volta para o carro.

Seu destino era uma pequena loja de antiguidades em frente ao tribunal no centro da cidade. A tia de Jen havia se tornado dona do lugar depois que o avô faleceu há vários anos. Reagan estava animada para conhecer o lugar, já que ela nunca tinha estado lá antes. Sem mencionar que tinha uma queda por antiguidades, especialmente se envolvessem arte. A campainha tocou quando Reagan entrou pela porta com uma pequena caixa em uma mão e um presente na outra.

"Bem-vindo ao Georg..." Jen começou a dizer no balcão, até que olhou para cima e viu sua amiga na frente da porta. "Reagan! O que te traz aqui?"

"Eu pensei em trazer algo de aniversário para minha melhor amiga," Reagan respondeu.

"Aww, você não precisava fazer isso," disse Jen.

"Eu sei, mas é o mínimo que posso fazer." Reagan entregou a Jen os itens que ela havia trazido. "Isso é para você."

"Legal! Obrigada, amiga," Jen disse a ela. Ela abriu sacolão presente primeiro. Depois de algumas folhas de papel de seda, ela puxou uma camiseta, etiquetada com o logotipo de sua banda favorita. "Ah meu Deus. Obrigada, Reagan!" Jen exclamou. "Estava atrás de uma dessas."

A felicidade de sua amiga encheu Reagan de alegria. "É o mínimo que eu poderia fazer depois de tudo que você fez por mim," disse ela.

"Ahhh, obrigada. E o que tem aqui?" Jen perguntou. Ela abriu a caixa, encontrando um *cupcake* de chocolate enorme. "Caramba, olhe isso! Parece delicioso. Muito obrigada." Jen saiu de trás do balcão e envolveu Reagan em um abraço. Em seguida, ela se afastou para olhar Reagan. "Você está bonita, garota. Não que algum dia não esteve. Você está brilhando agora," Jen disse.

"Felicidade. Isso se chama felicidade," respondeu Reagan.

Jen riu. "Sim, faz uma grande diferença, não é? Então... como está indo, você sabe, com você e seu amorzinho?" Ela disse, empurrando Reagan para o lado.

Reagan corou e sorriu. "Bem."

"Bem?" Jen perguntou.

"Ok, ótimo," Reagan reafirmou. "Ele praticamente mora comigo. Fica lá o tempo todo. O que eu amo, é claro. Tenho certeza de que seu pai sente um pouco a falta dele, mas jantamos lá o tempo todo, então isso equilibra, eu acho."

"Uh-huh, uh-huh," Jen respondeu. "Tenho certeza que o pai dele está bem. Aposto que ele se preocupa mais com o que vocês estão fazendo."

"Ele está. Mas eu ainda sinto pena dele às vezes, sabe?"

"Eu entendo, mas eu realmente acho que ele ficará bem sabendo que vocês dois estão felizes," disse Jen. "A propósito, como está o novo emprego?"

"Excelente. Eu amo tanto ele. Eu saí cedo hoje porque eu tinha que ir ao dentista."

"Que chatice, mas pelo menos você teve parte do dia de folga, certo?"

"Sim, verdade. Vou passar no mercado no caminho para casa. Aproveitar para fazer compras durante o dia," Reagan disse a ela.

"Essa é a melhor hora para ir. Ou pela manhã," Jen adicionou.

"Exatamente. Enfim, o trabalho é perfeito para mim. Não parece que estou trabalhando. Mas posso te dizer isso que eu ainda tremo só de lembrar do shopping, ," disse Reagan.

Jen estremeceu. "Hmm, eu também."

"Como está indo para você aqui?" Reagan perguntou.

"Incrível. Eu amo aqui. É tão descontraído. E é muito interessante às vezes. Conseguimos algumas coisas muito legais."

"Eu aposto que sim. Onde está sua tia?".

"Atrás," disse Jen. "Ela sairá daqui a pouco. Ela está verificando algumas coisas novas que chegaram."

"Oh. Ok. Você se importa se der uma olhada por um minuto?" Reagan perguntou.

"Vá em frente," disse Jen.

Reagan deu uma volta ao redor da sala, andando atrás de Jen. Ela olhou e pegou alguns itens aqui e ali, sem saber o que ela queria comprar. Na parede de trás, uma moldura velha, entalhada à mão estava pendurada em exibição. Imediatamente chamou sua atenção.

"Uau! Olhe isso," disse ela a Jen. "Eu adorei."

"Aposto que ela vai fazer um preço bom para você," disse Jen.

"Eu vou simplesmente pagar. Está tudo bem," Reagan insistiu.

"Tem certeza?" Jen perguntou.

"Sim, está tudo bem." Reagan terminou de olhar ao redor, pegando algumas coisas pequenas em seu caminho de volta para o balcão. "Ok, vou levar tudo isso," disse ela.

"Se você diz, senhora," Jen brincou.

"Eu insisto," acrescentou Reagan. "Quanto eu devo a você?"

Jen digitou os números na velha caixa registradora. "Trinta e dois, querida."

"Não é muito," disse Reagan enquanto passava o cartão.

"Aqui está," disse Jen, entregando-lhe a sacola e o recibo. "Muito obrigada pela camisa e pelo bolo. Estou feliz que você passou por aqui. Eu não tinha percebido o quanto eu sentia sua falta."

"Eu também. Você sabe que pode passar em casa a hora que quiser. Se você quiser sair ou assistir a um filme, é só me ligar," Reagan disse a ela.

"Talvez eu aceite a oferta," respondeu Jen. "Eu não gostaria de me intrometer entre vocês, no entanto."

"Nossa, Jackson não se importaria. Ele sempre achou você legal."

"Aww, isso é legal da parte dele. Bem, eu te ligo algum dia então," Jen disse a ela.

"Ótimo. Vejo você outra hora" Reagan disse.

"Tchau," Jen respondeu.

Reagan entrou de volta em seu carro e gentilmente colocou a bolsa no banco do passageiro. Sua última parada era convenientemente no caminho de volta para o apartamento. Como ela havia suspeitado, o estacionamento do supermercado estava praticamente vazio e o lá dentro também. Ela ficou no departamento de carnes por cerca de cinco minutos a mais do que pretendia, tentando escolher o que fazer para o jantar. Depois de finalmente escolher costeletas de porco, ela terminou de andar pelos corredores para pegar o resto.

Pouco depois das três da tarde, Reagan entrou em seu apartamento e fez duas viagens até o carro para pegar as compras. Se havia algo pior para ela do que comprar, era o processo de guardar. Quando ela finalmente terminou, ela foi em frente e pulou no banho para tirar isso do caminho. Ela vestiu sua calça de flanela favorita e uma camiseta velha, ligou a TV para deixa-la como barulho de fundo e colocou uma nova tela no cavalete.

Em pouco tempo ela entendeu por que nunca gostou da programação televisiva vespertina. Felizmente, ela raramente tinha que se preocupar com isso. Reagan colocou uma variedade de cores na paleta e separou alguns pincéis de tamanhos diferentes. Ela começou com um tom claro de azul e um pincel grande. Com o toque suave de sua mão, ela mergulhou o pincel na tinta e esticou o braço até que as cerdas tocassem a tela.

Um som de batida ecoou nas paredes do apartamento. Reagan virou a cabeça e olhou para a TV. Um comercial de fast-food anunciava batatas fritas e refrigerantes. Ela levantou a mão de volta, então outro par de batidas interrompeu sua concentração. Reagan olhou para o relógio e largou o pincel, então se levantou e se dirigiu para a porta.

"Jackson, você não precisava sair do trabalho mais cedo só porque estou em casa." Ela destrancou a fechadura e girou a maçaneta. "Mas não vou reclamar..." Ela parou.

A porta da frente se abriu com força, empurrando-a para trás. Ela olhou para cima, tendo um vislumbre da pessoa de máscara preta correndo em sua direção. Reagan arfando quando a arma de choque tocou seu corpo.

CAPÍTULO 14

Quase duas horas e meia depois, Jackson bateu na porta do apartamento de Reagan. Ele esperou um segundo para que ela abrisse a porta. Quando ela não respondeu, ele abaixou a mão e girou a maçaneta destrancada. Ele entrou e fechou a porta atrás dele.

"Cheguei, finalmente. Desculpe, fui para casa primeiro e papai insistiu em discutir sobre que tempo vai fazer amanhã. Eu juro que ele procura um motivo para brigar comigo." Jackson olhou para o corredor em direção ao banheiro. "Reagan?" Ele franziu o rosto em confusão. "Reagan?" Ele chamou mais alto na segunda vez.

Apenas o silêncio enchia o apartamento, interrompido pelo som de um carro passando do lado de fora.

Jackson caminhou pelo corredor e olhou no banheiro: vazio. Ele olhou no quarto do outro lado do corredor: vazio. Ele correu de volta para a sala e puxou a cortina da janela que dava para o pequeno estacionamento. O carro dela estava parado no lugar de costume. O coração de Jackson começou a bater forte e ele teve dificuldade para respirar. Ele começou a atravessar a sala, então algo chamou sua atenção, e ele parou de andar. A tela que ela havia colocado no cavalete permanecia como ela havia deixado.

Jackson olhou para a única pincelada azul na parte superior da tela. A paleta e o pincel, ainda coloridos com a tinta que começava a secar, estavam sobre uma mesinha ao lado de sua cadeira. Ele ergueu o pincel, notando a tinta grudada nas cerdas. Começou a estremecer em sua mão trêmula e ele lutou para segurá-lo.

Ele ligou para o telefone de Reagan, na esperança de conseguir algum tipo de resposta. O telefone tocou no quarto. Jackson correu pelo corredor e virou abruptamente na porta, batendo com o ombro no batente. Seu coração afundou quando viu o telefone rosa em cima da cômoda. Ele deu um passo à frente e segurou-o na mão. Com dedos trêmulos, ele encontrou o número de Jen e ligou. O telefone tocou apenas uma vez antes de ela atender.

"Ei, garota," Jen respondeu.

"Uh..." Jackson começou.

"Olá?" Jen perguntou.

"Jen?" Ele verificou.

"Sim. Quem é?"

"É o Jackson. Sou o namorado de Reagan."

"Oh, oi," disse ela com uma risada. "Eu sabia que a voz dela não era tão profunda," ela brincou. Jackson não conseguia falar, por mais que quisesse. "Algum problema?" Jen perguntou. O tom de sua voz mudou completamente.

"Eu... Eu não sei. Eu esperava que ela estivesse com você, ,mas... ".

"Reagan? Não, eu a vi esta tarde na loja. E aí ela disse que ia passar no mercado. Por quê?" Jen perguntou.

"Ela não, ela não está aqui," gaguejou Jackson, tentando segurar as lágrimas.

"Ela não está em casa?"

"Não. O carro dela está aqui. E o telefone estava na cômoda. Mas ela não está aqui. Não sei onde ela está." Jackson estava chorando neste momento. Ele começou a puxar o cabelo com a mão esquerda. Gotas de suor se formavam em sua testa.

"Ok. Tente manter a calma. Talvez ela tenha corrido para pegar alguma coisa e esqueceu o telefone," sugeriu Jen. "A biblioteca!" Ela gritou. "Você verificou a biblioteca?" Ela perguntou.

"Não. Você tem razão, ela sempre anda está por lá." Ele olhou para o relógio. "Eu acho que ainda está aberta. Vou desligar. Obrigado," ele disse a ela.

"Ligue de volta pra me avisar," disse Jen.

"Ok," disse ele, correndo para fora da porta. "Tchau."

Ele desceu correndo os degraus, saltando dois de cada vez. Ele se moveu o mais rápido que suas pernas permitiram, descendo a calçada e subindo os degraus da biblioteca. Com apenas dez minutos de antes da hora de fechar, ele correu pelas portas. A senhora atrás do balcão soltou um grito ao som da madeira batendo no batente da porta. Ele cambaleou até o balcão, sem fôlego, o rosto todo molhado. A mulher de cabelos prateados tremia de medo.

"Reagan..." Ele fez uma pausa, tentando respirar. "Reagan está aqui?"

"Reagan trabalha durante o dia, querido. Ela foi embora horas atrás. Estou aposentada. Eu só trabalho aqui meio período à noite," disse ela.

"Sim, mas ela está aqui?" Ele pressionou. "Ela voltou para alguma coisa? Você viu ela?"

"Não. Eu não vi. Você pode, por favor, abaixar a sua voz, senhor?"

"Desculpa. Por favor, você não a viu?" Ele tentou novamente.

"Eu sinto muito. Aconteceu alguma coisa?" Ela perguntou preocupada. Ele levou as duas mãos ao rosto e recuou até que suas costas bateram na porta. "Senhor?" Ela chamou enquanto o observava sair.

Jackson desceu os degraus cambaleando. Ele andava de um lado para o outro na calçada, pensando, quebrando a cabeça em busca de qualquer pista de onde ela poderia estar. Ele puxou o telefone de volta e ligou para Jen novamente.

"Olá?" Ela respondeu imediatamente.

"Ela não está aqui!" Ele gritou. "Ela não está na biblioteca. Tem algo errado. Ela deixou a tinta aberta. Ela nunca faz isso. Não sei onde ela está," gritou ele. Seus pensamentos estavam correndo mais rápido do que ele conseguia acompanhar.

"Tudo bem, Jackson, eu acho que você precisa chamar a polícia," Jen disse a ele.

Ele soluçou. A realidade da situação o atingiu com a palavra 'polícia'.

"Ai meu Deus," ele chorou.

"Jackson, chame a polícia. Ainda pode não ser nada. Pode ser que ela tenha acabado de sair para ir numa lojinha ou algo assim. Mas se você ligar para eles, eles podem te ajudar a procurá-la. Ok?"

"Ok. Ok, eu vou ligar para eles," ele disse a ela.

"Tudo bem. Me avise se tiver notícias. Vou sair dirigindo por aí para dar uma olhada. Ok?"

"Ok. Obrigado," disse ele.

Jackson desligou o telefone e discou 9-1-1. Ele olhou para o número por um segundo, sem acreditar no que estava prestes a fazer. Então ele apertou o botão verde.

"9-1-1, qual é a emergência?" Perguntou a operadora. Ele respirou fundo, tentando pensar no que dizer. "Olá?" Perguntou a operadora.

"Sim, não sei..." Ele começou. "Minha namorada sumiu. Não sei onde ela está," gritou.

"Tudo bem, senhor. Tudo bem. Qual é o nome dela?"

"Reagan Nichols," respondeu ele.

"Tudo bem," disse ela, digitando em segundo plano. "E você é?"

"Jackson Holloway." Ele caminhou lentamente de volta para o prédio.

"Você está na casa dela?"

"Sim."

"Tem certeza de que ela está desaparecida, senhor? Ela pode

estar na casa de um amigo? Com a família, talvez?" Perguntou a operadora.

"Não, não, acho que não. O carro e telefone estão aqui. Seus pais moram a duas horas de distância. E já liguei para a única pessoa que ela iria ver. Ela também não está lá."

"Ok. Há algo suspeito na casa dela? Sinais de briga? Algo incomum?" Ela continuou.

"Eu não vi nada parecido. Mas parecia que ela começou uma pintura, então parou de repente. Isso me pareceu estranho. Mesmo se ela tivesse que sair, ela não abandonaria seu pincel e coisas assim. E o carro dela está aqui. Por que ela deixaria o carro aqui?"

"Eu não sei, senhor. Só estou tentando ajuda-lo a contar o que aconteceu . Existe alguém que poderia tê-la buscado? Algum outro amigo ou colega de trabalho?"

"Tem uma colega de trabalho de quem ela é bem próxima, mas acho que elas nunca conversaram fora do trabalho antes. Aconteceu alguma, tenho certeza," ele insistiu. Sua frustração e medo irradiaram em sua voz.

"Ok, eu acredito em você, senhor. Por favor, tente ficar calmo. Há um oficial a caminho agora. Eu prometo que eles farão o melhor para lidar com a situação," a operadora o tranquilizou.

"Ok, obrigado," respondeu ele nervosamente.

"Vou ficar na linha com você até que eles cheguem, então podemos desligar."

Ele olhou rua abaixo para os faróis se movendo em sua direção. O sol estava criando luz suficiente para ver, mas não o suficiente para ver bem. Ele apertou os olhos.

"Acho que eles chegaram." O carro da polícia parou em frente ao prédio. "Sim, eles estão aqui."

"Sim senhor. Eles irão ajudá-lo agora. Boa sorte para você " disse a operadora.

"Obrigado." Jackson desligou o telefone e se virou para a oficial que caminhava em sua direção.

"Boa noite," disse a oficial. "Você deve ser Jackson."

"Sim, senhora," respondeu ele.

"Eu sou a oficial Baker. Você acha que uma pessoa desapareceu?" Ela perguntou.

"Sim, minha namorada, Reagan Nichols. Pode ser. Acho que não tenho certeza. Eu só sei que algo não está certo," ele disse a ela.

"Tudo bem. Conte-me o que aconteceu no dia de hoje," pediu a oficial.

"Hum. Nós nos levantamos e fomos trabalhar esta manhã. Ela saiu mais cedo do trabalho e foi ao dentista," explicou.

"Você mora aqui com ela?" Ela perguntou.

"Não, tecnicamente não. Mas fico muito aqui."

"Você sabe quando e onde era a consulta dela?"

"Tenho quase certeza de que era meio-dia e meia. Ela passa na Odontologia de Morris," disse ele. "Então ela parou para me ver no canteiro de obras, a cerca de três quarteirões de distância."

"Que horas eram?"

"Era depois da uma. Talvez uma e quinze."

"Tudo bem," disse ela, fazendo anotações enquanto ele falava.

"Então ela foi para a loja de antiguidades George no centro da cidade para visitar sua amiga, Jen. Ela trabalha lá. Liguei para ela pouco tempo atrás e ela disse que Reagan esteve lá esta tarde, então ela ia ao mercado e voltar para casa," ele disse a ela.

"Tudo bem. Que horas você chegou aqui?" Perguntou a oficial Baker.

"Não faz muito tempo. Era um pouco depois das seis."

"Ok, Jackson. Vamos entrar e dar uma olhada."

Jackson a conduziu para dentro, esperando sua próxima pergunta. Ela caminhou pelo apartamento, examinando os diferentes cômodos, tomando notas. Ela parou no cavalete e olhou para o pincel e a paleta ao lado dele.

"É por isso que acho que aconteceu alguma coisa," disse Jackson. "Quer dizer, nós só estamos juntos há quatro meses, mas eu nunca a vi começar uma pintura e simplesmente deixar a tinta e o pincel assim. Não é nada típico dela."

"Você está certo, é um pouco estranho. Não há sinais de briga, no entanto. Sem sinais de arrombamento. Além disso, você notou algo fora do lugar? Alguma coisa faltando?" Ela perguntou.

"Não, na verdade não," respondeu ele. "Ninguém a viu, no entanto. Eu fui na biblioteca; ela trabalha lá. Eles não a veem desde que ela saiu na hora do almoço hoje. Jen não a vê desde que ela saiu da loja. Por que ela voltaria para casa e sairia sem o carro e o telefone?" Ele perguntou em frustração.

"Não estou dizendo que foi isso que aconteceu. Só estou tentando encontrar o máximo possível de peças do quebra-cabeça," disse ela. Ele respirou fundo e acenou com a cabeça. "Você conversou com os pais dela?" Ela continuou.

"Não. Eu não queria alarmar eles ainda. Eles estão a duas horas de distância, então..."

"Eu entendo, mas precisamos contatá-los para confirmar que não a viram."

"Tudo bem," disse ele.

"Tudo bem, vamos fazer o seguinte. Preciso de qualquer informação que você possa me dar sobre sua família, amigos e trabalho. Qualquer informação de contato que você puder me fornecer será útil. Quaisquer inimigos que ela possa ter. Qualquer coisa incomum. Estarei em contato com todas essas pessoas esta noite. Também irei entrar em contato com o proprietário pela manhã para ver se há alguma câmera de segurança ou filmagem que possamos analisar. Enquanto isso, por mais difícil que seja, precisamos que você seja paciente. Não há muito que podemos fazer neste momento. A realidade é que ela foi vista pela última vez há apenas cinco horas. Eu sei que parece improvável, mas ela ainda pode aparecer. É possível que ela tenha partido por vontade própria," disse-lhe a oficial.

Jackson acenou com a cabeça, embora em total desacordo com sua última declaração. Ele foi até a cozinha, abriu a gaveta de tranqueiras e tirou um pedaço de papel e um lápis. Com o telefone de Reagan na mão, ele começou a anotar os contatos que a oficial havia solicitado.

"Posso ver isso por um segundo quando você terminar?" Ela perguntou.

"Claro." Ele entregou a ela depois de terminar sua lista.

"Bem, parece que ela não recebeu nenhuma ligação ou mensagem recentemente," disse ela, examinando o telefone antes de devolvê-lo a ele. "Se você souber de alguma coisa ou tiver qualquer informação, ligue para mim." Ela entregou a Jackson seu cartão.

"Tudo bem," respondeu ele. "Obrigado."

"De qualquer forma, entrarei em contato com você amanhã. Se nada mudar entre agora e depois, abriremos um caso. Tudo bem?"

Ele acenou com a cabeça em concordância, olhando para seus pés.

Ela se virou e saiu do apartamento, fechando a porta atrás dela.

Jackson ficou na cozinha depois que ela foi embora, ainda olhando para seus sapatos. Ele bateu o punho no balcão em frustração com o desespero que o devastou. Sua mente estava correndo tão rápido quanto seu coração. Ele finalmente saiu da sala, sem saber o que fazer ou para onde ir. Por fim, ele entrou no quarto de Reagan e se sentou na cama. Um suéter rosa estava ao lado dele. Ele pousou a mão no suéter antes de levá-lo ao rosto. Com uma inspiração profunda pelo nariz, ele sentiu o cheiro dela, e era mais do que ele podia digerir. Jackson agarrou o suéter até que os nós dos seus dedos ficaram brancos, as lágrimas caindo no tecido. Vários minutos se passaram antes que ele conseguisse voltar a respirar normalmente.

Ele pegou o telefone de Reagan mais uma vez, ligando para Jen pela terceira vez.

"Jackson?" Ela perguntou.

"Sim, sou eu. Alguma coisa?" Ele perguntou.

"Não. Sinto muito, eu não a vi," Jen disse a ele. "O que a polícia disse?"

"Eles fizeram muitas perguntas, olharam a casa, pegaram algumas informações. Basicamente, ela disse que se não tivermos notícias dela pela manhã, eles vão abrir um caso."

"Ok. Olha, vou ficar aqui fora mais um pouco. Avise-me se alguma coisa mudar," disse ela.

"Aviso. Obrigado por ajudar, Jen. Você é uma boa amiga," Jackson disse a ela.

"Claro. Eu só queria poder fazer mais."

"Eu também. Isso é o que mais me mata. Eu não posso ajudá-la."

"Você está. Você está fazendo tudo o que pode fazer agora," ela o tranquilizou.

"Sim... Tudo bem, eu vou ind. Eu te aviso se eu ouvir algo," Jackson disse a ela.

"Ok. Tente descansar um pouco."

"Vou tentar." Jackson desligou. Por mais que odiasse ter que fazer isso, ele pegou o telefone e fez outra ligação.

"Olá?" Seu pai respondeu.

"Pai..." Jackson começou, incapaz de dizer qualquer outra palavra.

"Jackson, o que foi?" David perguntou imediatamente. O único som que Jackson conseguiu produzir por um momento foi o fungar de seu nariz. "Jackson?" Seu pai perguntou novamente.

"Ela se foi, pai. Alguma coisa aconteceu com ela."

"O quê? Quem? Reagan? O que você quer dizer com ela se foi?"

"Ela se foi. Eu não consigo encontrá-la. Ninguém sabe onde ela está," Jackson disse a ele.

"Tenho certeza de que está tudo bem. Talvez ela tenha que resolver alguma coisa," David sugeriu.

"O carro dela está aqui. Alguma coisa aconteceu com ela."

"Chame a polícia, Jackson."

"Eu chamei. Eles acabaram de sair."

"Tudo bem. O que eles disseram?" Seu pai perguntou.

"Eles recolheram um monte de informações e disseram que se ela não aparecer hoje à noite, eles vão dar uma olhada nisso amanhã," respondeu Jackson. "Eu odeio isso. Eu sinto que não posso fazer nada além de sentar aqui e esperar. E se ela estiver machucada? E se...?"

"Jackson, me escute. Você não vai ajudar a situação com 'e se'. Você fez tudo o que pode fazer agora. Eu sei que não é isso que você quer ouvir, e sinto muito."

"Eu sei. O que eu devo fazer? Devo sair e procurar por ela? Devo ligar para os pais dela?" Jackson implorou pelo conselho de seu pai.

"Honestamente, você provavelmente deveria ficar aí só por precaução. Você nem saberia onde procurar mesmo se saísse. Mas talvez seja uma boa ideia ligar para os pais dela. Fale com eles. Diga que eles podem contar com você. Eles vão precisar desse consolo, acredite em mim," David o aconselhou.

"Ok. Eu vou ligar."

"Você precisa me avisar se precisar de alguma coisa. Se você quiser que eu fique aí com você, eu fico," seu pai ofereceu.

"Obrigado, pai. Eu vou bem."

"Tudo bem, amigo. Eu estarei rezando por ela. E eu te amo."

"Também te amo," respondeu Jackson.

Jackson se deu um minuto para se preparar antes de ligar para os pais de Reagan. Quando eles atenderam, ele percebeu que a policial já os havia contatado. Ele tentou o seu melhor para permanecer forte, assegurando-os de que faria o que fosse preciso para encontrar Reagan. Assim que Bárbara se acalmou, ela disse que viriam pela manhã, e então desligaram o telefone .

Quando ele desligou, faltavam quinze para as nove. Jackson andou de um lado para o outro, sem saber o que mais fazer naquele momento. Ele não estava com fome, não queria ir embora e não tinha vontade de ouvir a TV. Ele se sentou no sofá da sala escura, olhando pela janela. Sua mente estava entorpecida o suficiente para que ele parasse de produzir lágrimas. Era como se seu corpo e alma estivessem paralisados. Ele lutou contra o cansaço por horas, ainda sentado no meio do sofá. Seu corpo acabou se desgastando e ele desabou na almofada, fechando os olhos cansados.

Jackson se sentou assustado, ofegando por ar. Ele olhou para o relógio, agora marcando 4h22. Alguns segundos depois, o rugido do motor da caminhonete a diesel na rua ecoou pelos prédios, revelando a causa de seu sono interrompido. Ele foi até o banheiro e finalmente decidiu ligar a TV. Estava passando a reprise de uma comédia, um sinal claro de que eram quatro da manhã. Por mais que seu desinteresse o tentasse a mudar de canal, sua mão não se mexeu no controle remoto. Ele se viu olhando novamente, as palavras dos atores ecoando em seus ouvidos.

"Deus, olha para aquele cara?" A mulher morena da série disse para a garota correndo ao lado dela. "Qual é o problema dele?"

"Ele é um idiota," a outra mulher respondeu.

Jackson engasgou, ficando em pé tão rápido quanto suas pernas permitiam. A conversa das meninas continuou em segundo plano. Ele observou a tela por mais um momento antes de correr para a cozinha. Jackson apertou o cartão de visita entre o polegar e o indicador, lendo o número de telefone na frente. Ele ligou para o número. Cada vez que o telefone tocava, ele ficava mais ansioso. Responda. Responda. Responda por favor.

"Olá?" Uma voz sonolenta falou.

"Eu sei quem era!" Ele disse. "Eu sei quem a levou."

"Você sabe quem a levou?" Oficial Baker perguntou mais alerta desta vez.

"Sim. Foi Henry Booker, tenho certeza. Ele trabalha comigo."

CAPÍTULO 15

Os quatro pés minúsculos de um rato gordo correram ao longo das calças de flanela de Reagan. Ela estava deitada no chão de concreto. Suas pálpebras se contraíram, a sensação de cócegas fazendo ela acordar. Ela abriu os olhos lentamente, apenas o suficiente para deixar entrar um pouco de luz nebulosa. Suas íris rolaram para frente e para trás por um momento. Então ela cerrou as pálpebras com força, levantou a cabeça do chão e abriu os olhos completamente.

Quando ela recuperou a consciência, a realidade à sua volta começou a se estabelecer. A fita adesiva em sua boca restringia sua respiração acelerada. Seus olhos finalmente começaram a focar. Ela olhou para o rato, que fez uma pausa em sua jornada, e tentou soltar um grito com o que viu. Seus tornozelos haviam sido amarrados, mas ela fez o melhor que pôde para chutar as pernas. Ambos os braços estavam amarrados atrás das costas. Ela lutou para se mexer, até que, com dificuldade, conseguiu colocar o corpo em uma posição sentada.

Depois de respirar fundo pelo nariz várias vezes, Reagan olhou ao redor da sala. Lágrimas frias rolavam por suas bochechas trêmulas. Ela não conseguia distinguir muitos detalhes. Apenas um feixe de luz entrava em uma pequena janela perto do teto. Não parecia haver muito na sala além de algumas prateleiras na parede mais próxima e uma cadeira quebrada descartada no canto. Um cheiro horrível de mofo pairava no ar. Além dos barulhos de arranhões dos roedores e do gotejar distante de água, a sala estava assustadoramente silenciosa.

Reagan estava sentada sozinha no escuro, pensando, tentando criar uma estrategia. A única coisa que conseguiu pensar em fazer foi ir até as prateleiras para tentar encontrar algo, qualquer coisa, que pudesse ajudar em sua situação. Ela usou os calcanhares e as nádegas para deslizar pelo chão empoeirado até se aproximar das velhas saliências de madeira. Não havia muito na prateleira inferior, a não ser um velho par de sapatos e uma caixa de papelão. Ambos pareciam estar ali há uma década. A próxima prateleira era um pouco mais promissora. Quatro frascos de vidro alinhados. Eles também pareciam estar lá há muitos anos. Ela ergueu as sobrancelhas, esperançosa de que um frasco quebrado pudesse ajudar com a fita. Se ela conseguisse derrubar um.

O silêncio foi interrompido de repente. Passos faziam as tábuas de madeira acima da cabeça de Reagan rangerem. Nuvens de poeira caiam a cada passo. Ela parou de se mover, sua frequência cardíaca acelerou e seu peito tremia a cada expiração. Ela ouviu fazendo o menor barulho possível enquanto os passos iam de um lado da sala até o outro. Tudo ficou quieto novamente, mas apenas por um momento, até que ela ouviu as chaves. Um cadeado estava sendo empurrado em uma porta que ela não podia ver. Outra lágrima escorreu por seu rosto enquanto ela esperava a porta abrir.

Uma súbita rajada de luz brilhou no chão como um holofote. Reagan virou-se de costas para as prateleiras. A horrível realidade da sua situação começou finalmente a instalar-se e ela percebeu que a única coisa que podia fazer era ficar ali sentada.

Cada degrau de madeira rangia sob o peso do desconhecido, que lentamente descia até ela. Ela tremia, inundada de medo.

Finalmente, a figura escura colocou-se diante dela. Seu rosto estava obscurecido pela sombra que a luz lançava em suas costas. Reagan semicerrou os olhos para ele, incapaz de distinguir em suas características.

"Não fique com medo, Reagan," disse ele. "Se você se comportar bem, não vai ter com o que se preocupar."

Ele deu mais alguns passos, agora parado bem aos pés dela. Ela forçou as costas contra as prateleiras e puxou os joelhos até o peito, fazendo o possível para manter espaço entre eles.

Henry se agachou, seu rosto entrando na luz da escada. Reagan tentou gritar, mas a fita grudou seus lábios.

"Shhh," disse ele, enxugando uma lágrima de sua bochecha. "Eu sei que não entende ainda , mas vou cuidar de você. Com o tempo você vai ver que posso ser o homem dos sonhos de qualquer mulher."

Reagan balançou a cabeça, enojada com tudo sobre ele e com as palavras que jorravam de sua boca.

"Mas até que você perceba e aceite isso, não me dá escolha a não ser mantê-la assim."

Ele parou de falar. Ela olhou para o seu rosto com olhos amedrontados e ele encarou ela de volta, sorrindo com o canto da boca.

"Deus, você é linda," ele continuou. "Aposto que ele nem sabe disso. Mas eu vejo isso. Aprecio sua beleza, Reagan."

Henry estendeu a mão e agarrou uma mecha do cabelo dela, permitindo que fluísse por sua mão. Ela fez uma careta, seu toque a enojando profundamente.

"Agora vou pegar um pouco de água para você e tirar essa fita. E antes que você crie alguma ideia, saiba que a pessoa mais próxima está há um quilometro. Não perca seu fôlego."

Ele se levantou e voltou a subir os degraus que rangiam. A combinação de sua presença enervante e o ar frio e úmido fez com que até mesmo os menores músculos do corpo dela se contraíssem. Tudo o que ela conseguia pensar era no calor dos braços de Jackson segurando-a. Alguns momentos depois, Henry começou a descer os degraus. Ele se agachou de volta no mesmo lugar que havia ocupado antes.

"Lamento se doer," disse ele.

Ele levou a mão direita ao rosto dela e beliscou a ponta da fita. Ela se encolheu quando ele puxou lentamente a tira de volta até que se soltasse.

Por mais que ela tivesse pensado em gritar ou encher os ouvidos dele com as milhares de palavras que inundaram sua mente, ela não fez nenhum som. Ele ergueu um copo d'água e apontou o canudo para a boca dela.

"Aqui, tome um gole," ele a aconselhou.

Ela olhou para o copo e depois para ele.

"Não," ela disse a ele.

"Você precisa beber alguma coisa," ele instruiu, como uma enfermeira.

Com despeito, ela respondeu: "Eu não tenho que fazer nada."

Ele pareceu surpreso a princípio, depois sorriu novamente. "Viu, essa é uma das coisas que gosto em você. Você é quieta e gentil, mas forte quando precisa ser."

"Você não sabe nada sobre mim."

"Eu sei mais do que você pensa," ele disse a ela. "Mais uma chance ou vou levar água de volta pra cima." Ela olhou para ele, sem palavras. "Ok, fique à vontade." Ele sorriu e pegou os frascos de vidro da prateleira. "Vou levar isso também."

"Tudo bem, vou tomar um gole," disse ela.

"Boa garota."

Henry colocou os frascos de volta na mesa e se agachou novamente. Ele ergueu o copo e apontou o canudo para a boca dela. Ela se inclinou, Henry observando cada movimento dela enquanto ela pressionava os lábios contra o tubo de plástico. Ela encheu a boca com água, soltou o canudo e cuspiu o líquido por todo o rosto dele. Sua expressão de estimulação instantaneamente se transformou em raiva.

"Puta!"

Ele bateu no lado esquerdo de seu rosto e seu corpo inerte caiu no chão frio em uma nuvem de poeira.

CAPÍTULO 16

Jackson caminhou pela sala de estar, esperando, suando. Finalmente, uma batida na porta interrompeu seu padrão. Ele correu para o hall de entrada e abriu a porta com pressa, de frente para a oficial com quem havia falado antes.

"Era ele. Era ele," começou, como se nunca tivesse desligado o telefone.

"Tudo bem, vá devagar," ela disse a ele. "Comece me dizendo quem é esse homem e por que você acredita que ele é o responsável."

"O nome dele é Henry Booker, ou pelo menos é o que ele diz. Trabalhamos juntos na construtora do meu pai."

"Tudo bem," disse ela, tomando notas novamente. "Qual é o nome da empresa do seu pai?"

"Construção Holloway," respondeu ele.

"Tudo bem, Jackson. O que te faz pensar que ele sequestrou Reagan?"

"Em março, um dia ela foi ao meu trabalho para almoçar comigo. Estávamos sentados na sala de descanso e, de repente, ela parecia ter visto um fantasma. Seu corpo inteiro tremia. Ela mal conseguia falar. Isso me assustou pra caralho. De qualquer forma, perguntei o que havia de errado. Ela nem me respondeu.

Eu a levei para o meu carro e foi quando ela finalmente disse que Henry estava olhando para ela do outro lado da sala.

"Ok. Com todo o respeito, isso não parece tão incomum. Ele estava fazendo gestos para ela?" Perguntou a oficial.

"Não, eu acho que não. Eu não sei. Eu não vi . Mas estou te dizendo, eu vi o medo em seus olhos. Senti suas mãos tremendo. Ela estava morrendo de medo. O que quer que ele estivesse fazendo, realmente a assustou. Eu tive que passar uma vergonha horrível para fazê-la se sentir melhor." A oficial olhou para ele com curiosidade. "Eu tive que cantar," ele esclareceu.

"Tudo bem," disse ela, sorrindo para ele. "Então, o que ela disse para você?"

"Ela disse que ele estava olhando para ela e não desviava o olhar. Como se ele não fosse humano."

"Aconteceu alguma coisa depois disso? Alguma outra ocorrência?" Ela perguntou.

"Não, mas ela nunca voltou depois disso. E ele me evitou como uma praga daquele dia em diante." Ele parou por um segundo para organizar seus pensamentos. "Até ontem..."

"O quê?"

"Ontem foi a primeira vez que ela esteve perto da equipe desde o dia em que ele fez isso. Quando ela parou para me ver no local de trabalho. Mas ele estava trabalhando do outro lado. Não sei se ele sabia que ela estava lá." Seu estômago se embrulhou com o pensamento que passou por sua mente em seguida. "Ele a seguiu. Aposto que ele a seguiu quando ela saiu e ninguém percebeu porque ele é um inútil mesmo. . Aquele filho da puta!"

"Tudo bem, Jackson. Ouça, vou falar com o proprietário, ver se eles têm alguma filmagem que eu possa analisar de ontem. E vou fazer uma visita a Henry, para ver se há algo suspeito sobre ele. Aguente firme, certo? Faremos tudo o que pudermos. Por favor, entre em contato comigo se precisar, e eu certamente entrarei em contato com você quando tiver alguma informação," ela terminou.

"Sim. Obrigado," respondeu ele.

Ela saiu e ele voltou a andar pelo apartamento. Cerca de trinta minutos depois, outra batida na porta o surpreendeu. De jeito nenhum ela poderia já ter voltado.

"Jackson, sou eu," David chamou do lado de fora da porta.

Jackson deixou seu pai entrar e trancou a porta atrás dele. "Achei que você estivesse indo para o trabalho," disse ele.

"Eu estava. Achei que deveria ver como você está. Estou preocupado com você, filho."

"Não se preocupe comigo. Se preocupe com ela. Aquele idiota a pegou."

David franziu as sobrancelhas. "Quem?"

"Henry. Eu sei que foi ele, pai. Aquele louco filho da mãe a seguiu e a pegou. Eu juro que mato ele," disse Jackson. "Ele foi trabalhar?"

"Ele ligou dizendo que estava doente hoje," disse David.

"Claro que disse!" Jackson gritou.

"Estou confuso. Por que você acha que foi Henry quem fez isso?"

"Eu só sei. Eu sei pela maneira como ele a fez se sentir. Eu deveria ter feito algo a respeito, mas não fiz. Eu ignorei."

"Não havia nada que você pudesse ter feito, Jackson. Não podíamos acusa-lo por nada, além de um olhar assustador," David disse a ele.

"Eu poderia ter dito a ele para manter seus olhos imundos longe dela."

"E aí?" Perguntou David. "Isso teria mudado alguma coisa?"

Jackson se encostou no almofada do sofá, fervendo de raiva. "Não."

"Você ligou..." David começou.

"Sim. Já vieram aqui. Contei tudo a ela. Ela disse que vai falar com ele agora. Vamos descobrir o quão doente aquele bastardo realmente é." Jackson olhou para o espaço. David permaneceu quieto, observando seu filho do outro lado da sala. "Oh, Deus. Pai..." Ele disse, antes de cair em lágrimas.

David correu até seu filho e o segurou com a força da dor e da gravidade tentando derrubá-lo.

"Shhh," seu pai disse a ele, acariciando as costas de Jackson. "Vai ficar tudo bem. Ela vai ficar bem. Eles vão encontrar ela. Eles *vão* encontrar ela. Você está me ouvindo?"

Jackson acenou com a cabeça, estando ela apoiada no ombro de seu pai. Ele ficou imóvel, sentindo o cheiro da colônia de seu pai.

"Quando vou parar de sentir essa dor?" Jackson perguntou. Ele colocou a cabeça para trás e olhou nos olhos do pai. "Por quanta dor nós temos que passar, pai? Não acho que vou aguentar perder alguém de novo."

O desespero e a empatia de David pela dor no coração do filho se projetaram na expressão de seu rosto. Ele o puxou para si novamente, abraçando-o com força. Eles ficaram juntos na sala de estar, esperando por algum tipo de alívio. David por fim foi embora, depois de tentar desesperadamente fazer com que Jackson voltasse para casa com ele por um tempo, para descansar um pouco. Porém Jackson ficou incapaz de se afastar do espaço de Reagan.

Mais duas horas tortuosas se passaram antes que ele ouvisse o som glorioso de batidas novamente. Ele deixou a oficial Baker entrar, orando em silencio por qualquer boa notícia que ela pudesse lhe dar. Jackson olhou para ela com uma expressão indefesa.

"Vamos sentar, Jackson," ela disse.

Eles se sentaram à mesa. O joelho de Jackson saltou para cima e para baixo enquanto esperava que ela lhe dissesse algo bom.

"Bem, agora posso confirmar para você que alguém esteve aqui ontem," disse ela. Sua frequência cardíaca aumentou ao som de suas palavras. "Assisti à filmagem da câmera no final do corredor, bem como a da entrada do prédio."

"Ok," disse ele, temendo e esperando suas próximas palavras.

"Havia um suspeito, provavelmente um homem, que entrou no prédio ontem as três e quarenta e seis da tarde. Ele pode ser visto novamente se aproximando da porta e saindo..." Ela fez uma pausa e voltou a falar, "... saindo com ela em seus braços."

Jackson começou a chorar novamente. Ele havia perdido a noção de quantas vezes havia chorado no último dia.

"Espere, por que você fica dizendo 'ele'? Você não sabe quem é?"

"O suspeito estava usando uma máscara preta. Em nenhum ponto da filmagem é possível ver seu rosto ou até mesmo a cor de sua pele. Tudo o que podemos fazer é estimar características físicas, como altura e peso. Só com isso, é mais provável dizer que era um homem," ela o informou. "Nenhum veículo foi identificado. Não temos certeza de qual direção o suspeito veio."

Sua frustração se intensificou. "Mas e quanto ao Henry?" Ele exigiu. "Você disse que ia falar com ele."

"Eu falei. Ele estava em casa, aparentemente com algum tipo de resfriado. Acredite em mim, Jackson, eu o questionei. Não havia nada de suspeito sobre ele ou qualquer uma de suas respostas," disse ela. Jackson olhou para ela com desgosto, perguntando-se como o homem pervertido poderia ter conseguido disfarçar. "Eu perguntei a ele se eu poderia entrar e dar uma olhada," ela continuou.

"Ok?"

"Eu verifiquei cada cômodo, cada armário... não havia sinal dela. Não havia nada suspeito o suficiente para prendê-lo."

"Você só pode estar brincando!" Ele exclamou.

"Eu até conversei com seu pai, Jackson. Ele me disse que Henry ligou dizendo que estava doente hoje," disse ela.

"É fingimento! Ele planejou tudo. Ele sabia que você estaria lá. Você não pode cair nessa," ele exigiu. "Só porque ela não estava lá, não significa que não foi ele."

"Você tem razão. E ele não está fora da lista de possibilidades. Só precisamos de mais evidências primeiro. Por favor, tente ser paciente..."

"Paciente?" Ele repetiu.

"Eu sei que é pedir muito. Não consigo imaginar a dor e a frustração que você sente. Ouça, não vamos deixar isso passar. Temos que investigar o crime completamente e levar todas as possibilidades em consideração. Infelizmente, este é um processo que geralmente leva tempo," disse a oficial.

"Como diabos ele saiu daqui, carregando um ser humano?" Ele perguntou. "Ninguém percebeu?"

"Honestamente, eu não tenho certeza. Também achei difícil de acreditar."

Jackson apoiou os cotovelos nos joelhos e o rosto nas mãos. O cansaço, o medo e a devastação continuaram a cansá-lo.

"O que devo fazer agora?" Ele perguntou.

"Eu não sei o que dizer que vai ajudar. Você parece precisar descansar um pouco. E talvez comer alguma coisa. Não se esqueça de se cuidar," ela o aconselhou. Ele ficou quieto, sem se abalar pelas palavras de sabedoria. "Tudo bem, Jackson. Entrarei em contato com você se tivermos alguma informação nova."

Ela deu um tapinha nas costas dele e saiu do apartamento. Jackson permaneceu desabado por dez minutos depois que ela partiu. Ele repassou a informação que ela lhe deu várias vezes, tentando pensar em como o monstro havia conseguido escapar impune.

Mais de doze horas haviam se passado desde que ele fez o temido telefonema para o 9-1-1. Agora, depois de muita deliberação, Jackson decidiu dar um passeio de carro. Ele não sabia para onde ir ou o que fazer. Ele não queria ir para casa. Ele não queria se aventurar para muito longe. Jackson apenas precisava de um momento para respirar um pouco. Subindo e descendo as ruas de Newbrook, seus pneus rodaram sem destino. Ele se sentia como se estivesse perdido na cidade em que havia crescido. Mais de vinte sinais vermelhos depois, seu telefone começou a tocar. O nome de Barbara Nichols foi exibido na tela. Ele fechou os olhos por um momento, temendo ter que atender a ligação.

"Olá?" Ele respondeu.

"Jackson?" Uma voz muito preocupada respondeu do outro lado da linha.

"Ei, sinto muito não ter ligado ainda esta manhã, Sra. Nichols. Minha cabeça está girando."

"Está tudo bem, querido. Eu só queria entrar em contato com você. Falamos com a oficial... aquela com quem você está em contato. Ela nos contou..." Ela fez uma pausa, chorando ao fundo. "Ela nos disse que Reagan foi levada."

"Sim. Eu sinto muito. Eu nem sei o que dizer," ele disse a ela.

"Eu sei, querido. Tudo bem. Não há muito a dizer agora. Tudo o que podemos fazer é ter força e fé," ela incentivou.

"Estou tentando," respondeu ele.

"Vai dar tudo certo. Íamos descer, mas acho que vamos esperar até falarmos com a polícia novamente. Ela disse que não há muito que possamos fazer," disse Barbara.

"Ela está certa," ele disse a ela. "Não importa se você está aqui ou ali, você sente que não pode fazer nada para ajudar."

"Ela disse que estava um pouco preocupada com você, no entanto."

"Eu vou ficar bem. Só estou preocupado com Reagan," respondeu ele.

"Eu entendo, mas ela não gostaria que você se sentisse mal," disse Barbara.

"Eu sei que ela não gostaria," ele disse. "Eu tive que sair por um minuto e clarear minha cabeça. Vou tentar descansar quando voltar."

"Bem, eu vou deixar você ir por enquanto, então. Assim, você não vai falar no telefone enquanto tenta dirigir. Conversamos mais tarde, ok?"

"Ok."

"Aguente firme," acrescentou ela.

"Você também," disse ele.

"Tchau, querido."

"Tchau."

Jackson ficou fora até quase dez horas. Ele deu a volta na cidade três vezes antes de finalmente parar no apartamento. Outro telefone começou a tocar em seu bolso; desta vez era de Reagan. Ele engasgou, remexendo no bolso da jaqueta, tentando atender antes que o toque parasse.

"Olá?" Ele disse.

"Olá? Hum, eu estava tentando entrar em contato com Reagan," disse uma voz de mulher.

Ele puxou o telefone para olhar o nome. Biblioteca Newbrook iluminou na tela.

"É Donna?" Ele perguntou a ela.

"Sim..." Ela disse hesitantemente.

"É o Jackson," ele finalmente disse a ela.

"Oh, oi." Ela começou a rir. "Desculpe, fiquei confusa por um segundo."

"Ha, sim, dá pra entender," ele respondeu, tentando soar normal.

"De qualquer forma, eu estava me perguntando onde Reagan está. Não é do feitio dela não aparecer para trabalhar. Ela está se sentindo bem?" Perguntou Donna.

"Uh, eu... Desculpe, pensei que já tivessem ligado para você," disse ele.

"O quê? Quem?"

"Donna... Reagan foi sequestrada ontem. A polícia está procurando por ela ," disse Jackson.

"Oh meu Deus! Oh, Reagan..." Donna começou a chorar.

Jackson deu a ela um momento para processar a notícia. "Donna, eu sinto muito. Eu deveria ter ligado para você antes."

Ela fungou. "Tudo bem. Oh, espero que ela esteja bem."

"Eu também. Ela é forte. Nós só temos que ser fortes por ela também," disse Jackson.

"Ok. Serei."

"Ligarei para você se ouvir alguma coisa. Eu prometo," ele disse a ela.

"Obrigada. Avise se você precisar de alguma coisa. Qualquer coisa. Estamos aqui para ajudá-lo."

"Obrigado, Donna. Tchau."

Jackson desligou o telefone e saiu do carro. As suas pernas pareciam pesadas, a exaustão começava a aparecer. Cada degrau acentuou a fraqueza que ele sentia. Quando finalmente conseguiu entrar no apartamento, tropeçou na sala e desmaiou no sofá.

O corpo de Reagan estava inerte em uma chapa de madeira compensada. Ela abriu os olhos, mas a escuridão completa impedia de se concentrar em qualquer coisa ao seu redor. Suas pernas estavam amarradas e os braços ao lado do corpo. Ela ergueu a mão direita o máximo que pôde, tentando alcançar qualquer coisa que a ajudasse a descobrir onde estava. As pontas de seus dedos tocaram o pedaço de madeira que estava acima de seu rosto.

"Ah meu Deus. Não, não, não!" Reagan gritou. Ela empurrou os braços para os lados... Mais madeira. Ela esticou o braço acima da cabeça... Mais madeira.

"Socorro! Alguém me ajuda!" Ela gritou.

Nenhum barulho. Sem resposta. Reagan chorou de soluçar na escuridão de sua caixa de madeira. Inspirando e expirando, ela tentou encher os pulmões de ar. Não importava o quanto ela tentasse, ela não conseguia inspirar oxigênio suficiente para parar a claustrofobia.

"Jackson, me ajude!"

Jackson saltou do sofá, acordando do pesadelo torturante. O suor escorria por seu rosto e ensopava sua camisa. Seu estômago doía e se revirava. Ele correu para o banheiro, na esperança de conseguir chegar antes de expelir o conteúdo de seu estômago, por menor que fosse. Depois de dar descarga, Jackson foi até a pia. Ele olhou para o rosto no espelho, mal reconhecendo o homem que olhava de volta. Ele girou a maçaneta marcada em azul, juntou as mãos em concha e as encheu de água. Repetidamente, ele molhou o rosto, até começar a se sentir melhor. Ele agarrou a toalha de mão cinza pendurada ao lado da pia e a usou para enxugar o rosto.

Quando ele terminou, parou na frente da penteadeira e olhou para seu reflexo até que seus olhos injetados de sangue se encheram de lágrimas. Seus ombros tremeram com o choro que o dominou. Os joelhos trêmulos de Jackson se dobraram e ele caiu no chão. A porta do armário sustentava seu corpo caído. Ele não sabia o que fazer. Ele não sabia onde ela estava. Mas o pensamento que mais o perturbava... Ele não sabia se ela ainda estava viva.

CAPÍTULO 17

O pequeno ponteiro do relógio girou trezentos e sessenta graus desde o colapso de Jackson no banheiro. Ele não tinha notícias da oficial Baker há horas, e a agonia do silêncio o consumia. Ele olhou para o relógio novamente, a oitava vez desde que acordou do sonho horrível. Agora marcava 4h39. O fato de que já haviam se passado 24 horas desde que ela desapareceu não o ajudava com a náusea.

Jackson voltou a andar. Ele ficou chocado com a quantidade de passos que uma pessoa poderia dar dentro das paredes de um pequeno apartamento. Morrendo de sede, ele tirou uma garrafa de água da geladeira e sentou na cadeira de pintura de Reagan. Ele inclinou a cabeça para trás, bebendo quase metade da garrafa antes de baixá-la de volta. A tela que ela havia começado no dia anterior permaneceu no cavalete. Jackson olhou novamente, perguntando-se o que ela estava se preparando para pintar. O único vestígio que ele tinha era a faixa azul-celeste que ela havia passado na parte superior da tela.

Ele olhou para o tom lindo e sua imaginação começou a preencher o resto da imagem. Ele fechou os olhos. Um campo apareceu. As flores se estendiam até onde a vista alcançava. Íris roxas, *hemerocallis* amarelos, malmequeres laranja e amores-perfeitos rosa decoravam a grama verde que ficava abaixo delas. À distância, velhos bordos, nozes e carvalhos alcançavam o céu azul que ela havia começado. Um riacho serpenteava ao longo do lado esquerdo do campo. Uma corça e seu cervo parados na beira da água, aproveitando a oportunidade para tomar um gole d'agua.

Jackson abriu os olhos.

"O cervo," disse para si mesmo. "Obrigado, Reagan."

Suas pernas de repente se encheram de uma energia que ele não havia sentido o dia todo. Ele correu para o carro, ligou o motor e saiu para o meio da rua enquanto fazia o retorno. Primeira marcha, segunda marcha, terceira marcha. Jackson tentou chegar a sua casa o mais rápido que pôde sem atingir ninguém. Seus pneus cantaram quando ele pisou no freio no beco sem saída.

David abriu a porta da frente antes mesmo que seu filho chegasse à calçada. "Jackson, o que aconteceu?"

"Qual é o número do Patrick?" Jackson exigiu.

"Patrick? Patrick Tanner?"

"Sim, pai. O único Patrick que conhecemos. Preciso do número dele agora."

"Ok, por quê?" David questionou. Ele ergueu o telefone e abriu seus contatos. "Por quê?" Ele perguntou novamente.

"Porque ele pode me ajudar a encontrá-la," respondeu Jackson.

David olhou para ele com preocupação. "Jackson, filho, por favor, deite e descanse um pouco."

"Eu não preciso descansar, pai! Eu preciso encontrá-la. Me diga o número dele. Por favor!"

"Estou procurando. Estou procurando. Mas você pode me dizer por quê?" David passou o telefone para o filho.

"Um dia, no outono passado, estávamos trabalhando naquela nova loja de donuts, lembra?" Jackson perguntou.

"Sim," seu pai respondeu.

"Estávamos no intervalo para o almoço, comendo sanduíches

no porta do porta-malas. Patrick e Henry estavam parados ao lado da caminhonete, tagarelando sobre a caça. Falando sem parar sobre o cervo que eles mataram e colocaram na parede."

"Tudo bem," disse David.

"Enfim, achei estranho, porque Henry nunca fala sobre nada. Mas ele não calava a boca sobre uma cabana ou algo assim que ele tem fora da cidade. Fica no meio do nada, em um terreno grande que ele possui. É para lá que ele vai durante a temporada de caça. Patrick, é claro, perguntou se ele poderia caçar lá." Jackson fez uma pausa, examinando o olhar vazio no rosto de seu pai. "Pai, Patrick sabe onde é e eu garanto que é onde ela está. É por isso que preciso ligar para ele." Jackson olhou para o telefone de seu pai e ligou para o número de Patrick.

"Olá?" Patrick respondeu.

"Patrick, é o Jackson do trabalho. E aí, cara. Eu preciso te perguntar uma coisa e você precisa manter isso entre nós. É superimportante, ok?"

"Tudo bem, cara. E aí?"

"Onde fica a cabana de caça de Henry? Aquela que você usou algumas vezes," disse Jackson.

"Fica a cerca de 13 quilômetros ao norte da cidade," disse Patrick.

"Eu tenho que saber exatamente onde é. Por favor."

"Ok. Pegue a 63 até chegar a Miller Road, vire à esquerda e são, tipo, seis quilômetros abaixo. Não tem como se perder. Não tem muita coisa lá, exceto um caminho assustador que leva para a floresta. Procure a placa perto da estrada. Aquele com o sinal de veado concluiu Patrick.

"Muito obrigado. Obrigado," disse Jackson.

"De nada. Está tudo bem?"

"Sim, por favor, mantenha isso entre nós," Jackson instruiu novamente.

"Claro. Sem problemas," respondeu Patrick.

"Agradeço. Até mais."

Jackson desligou o telefone e caminhou imediatamente pelo

corredor e para o quarto do seu pai. Abriu o armário das armas e pegou a .30-30. De bala em bala, carregou a arma de fogo.

David olhou para a arma e depois para o filho.

"O que você está fazendo, Jackson? Você precisa chamar a polícia," disse David.

"Não. Sem chance. Tentei falar com eles. Eu disse a eles quem era e eles não acreditaram em mim. Ele é apenas um cara infeliz, em casa com um resfriado," disse Jackson, zombando da polícia.

Seu pai ficou ali, olhando para a pele pálida e os olhos escuros de seu filho. "Jackson..."

"Pai, venha comigo ou saia do meu caminho. Eu estou indo, quer você queira ou não."

David acenou com a cabeça, absorvendo as palavras do filho. Ele enfiou a mão no armário e removeu a espingarda e a caixa de cartuchos.

"Eu vou dirigir," ele disse a Jackson.

Os homens marcharam para a garagem e subiram na picape de David. David ligou a caminhonete e saiu da garagem para a rua.

"Estacionou bem," disse ele ao filho, olhando para o carro esporte preto, torto na frente da casa.

"Desculpe, eu não estava realmente..." Jackson começou.

"Está tudo bem. Não se preocupe com isso. Então, para que lado estou indo?"

"Vai pela 63 até chegar a Miller Road, então vire à esquerda," Jackson o instruiu.

"Ok."

David dirigiu sem dizer outra palavra, enquanto eles saíam de Newbrook e se dirigiam para o norte. Jackson olhou pela janela para os campos vazios. A sensação que ele tinha por dentro era indescritível. Ele não sabia se se sentia mais animado por encontrá-la ou mais preocupado com o que poderia encontrar. Os treze quilômetros que eles tiveram que viajar para chegar foram os mais longos que ele conseguia se lembrar em sua vida. Uma pequena parte dele queria seguir o conselho do pai e ligar para a policial que havia se esforçado tanto para ajudá-lo. Mas, no fundo, ele queria ser aquele a encontra-la. Ele queria ser aquele a enfrentar o idiota que havia tirado o anjo perfeito de sua vida.

David diminuiu a velocidade ao se aproximar da Miller Road. O zumbido dos pneus no pavimento desapareceu, atraindo o olhar de Jackson para fora da janela. David virou a caminhonete sobre a pedra e dirigiu para frente. A velha estrada de cascalho já tinha visto dias melhores. Ir com a caminhonete foi uma boa ideia, já que os buracos eram tão grandes que poderiam ter engolido o carro. Jackson agarrou a arma com as mãos trêmulas.

"Quão longe é?" Seu pai perguntou a ele.

"Ele disse cerca de seis quilômetros. Procure um poste na estrada que tenha uma placa de veado," Jackson disse a ele.

David acenou com a cabeça. Eles se aproximaram com cautela, tentando não fazer muito barulho ou levantar a poeira. O sol havia baixado no céu apenas o suficiente para permitir que ele brilhasse em seus olhos. Patrick estava certo; era no meio do nada. Além de algumas casas de fazenda e silos à distância, não havia sinal de civilização.

Mais a frente, à direita, um grande pedaço de floresta destacava-se entre os campos vazios. Jackson e seu pai se entreolharam, sabendo que tinham chegado. Um poste alto de madeira estava próximo ao caminho coberto de mato que levava às árvores. A placa de veado quase toda enferrujada.

"Preparad?" David perguntou a Jackson.

"Sim," respondeu ele.

Os pneus rolaram nas trilhas de terra, que eram divididas por uma faixa de grama alta. A própria caminhonete se espremeu entre as árvores que ladeavam a trilha dos dois lados. Galhos arranharam as janelas e a pintura, fazendo um grunhido horrível. Pelo menos duas quadras haviam passado quando a pequena cabana finalmente apareceu à frente.

O coração de Jackson disparou, seu estômago apertou e suas

pernas saíram de controle. Ele procurou por qualquer sinal de Henry ou de sua caminhonete, mas não havia nada lá. Lixo e sucata estavam empilhados entre as árvores que cercavam a cabana. Carros velhos enferrujados, geladeiras e barris estavam enfileirados em uma das laterais. David estacionou a caminhonete e desligou-a. "Olha toda essa merda," disse David. "O que ele está fazendo com todo... este lixo?" Ele perguntou, enquanto carregava a espingarda.

"Quem sabe, pai? Ele tem um parafuso solto," respondeu Jackson. "Tudo bem, vamos lá."

Eles desceram da caminhonete, tomando cuidado para não bater as portas. Jackson segurou a .30-30 bem alto, preparado para qualquer coisa que viesse em sua direção. Depois de uma volta ao redor da casa, ela parecia abandonada. Se não soubessem melhor, presumiriam que a cabana não recebia visitantes há muitas décadas. Jackson acenou com a cabeça em direção à porta, e David sutilmente concordou.

Degrau por degrau barulhento, seus pés subiram para a varanda. David estendeu a mão para a porta e olhou para Jackson, como se perguntasse se ele estava pronto. Jackson ergueu sua arma e esperou que a porta se abrisse. Seu pai girou a maçaneta e empurrou a porta. Jackson entrou devagar; a arma apontada para disparar. David o seguiu com a espingarda. Eles examinaram cada cômodo com cuidado, examinando cada parede e cada pedacinho de chão por qualquer coisa que funcionasse para esconder um ser humano. Jackson abriu um guarda-roupa, depois outro. David olhou nos armários. Os homens se entreolharam confusos.

"Estamos deixando passar alguma coisa," Jackson sussurrou.

Ele parou na sala de estar e se virou, procurando por qualquer coisa que se destacasse. Então seus olhos focaram em algo que ele não tinha notado antes - uma gaiola, que se estendia do chão ao teto. Suas prateleiras não continham nada além do que uma camada de poeira que havia se acumulado ali ao longo dos anos. Abaixo da base havia um tapete que parecia particularmente deslocado. Toda aquela configuração era diferente de tudo que você esperaria encontrar em uma cabana destinada à caça.

Jackson foi até a gaiola, enquanto seu pai ficava de vigia caso Henry aparecesse. Ele encostou a arma na parede e tentou olhar na fenda entre o armário gigante e a parede. Não havia espaço suficiente para ver. Ele agarrou a ponta da gaiola com as mãos e a deslizou para o lado, o tapete tornando mais fácil do que o esperado. Uma porta com cadeado foi revelada na parede escondida.

"Oh meu Deus. Reagan! Reagan!" Ele gritou.

"Espere, vou pegar os alicates," disse David, correndo para sua caminhonete.

Ele vasculhou a sua caixa de ferramentas e voltou rapidamente com dois alicates. David quebrou a fechadura da porta e Jackson a abriu. Eles imediatamente puderam sentir o cheiro de mofo do quarto escuro lá embaixo. Jackson olhou para seu pai com medo em seu olhar. Os homens ergueram as armas e entraram na escuridão.

Cada tabuleiro parecia que poderia cair sob os pés de Jackson. Seu coração parecia bater forte e alto o suficiente para ser ouvido por seu pai atrás dele. Quando seus olhos se ajustaram à luz fraca da sala, ele finalmente foi capaz de olhar ao redor do espaço empoeirado. Cerca de um metro e meio depois do último degrau de madeira, a sala virou para a esquerda. David olhou para a direita, mas apenas uma cadeira quebrada estava no meio do chão. Jackson continuou em frente, aproximando-se com cautela. Com a arma de fogo na frente, ele virou à esquerda. E lá estava ela.

"Reagan," chamou ele, correndo para o lado dela. "Pai, ela está aqui." Jackson se ajoelhou ao lado dela. "Reagan," ele chorou.

Ele não aguentava vê-la daquele jeito. Ela não havia se movido desde que havia sido atingida na bochecha esquerda e ficado com o rosto ensanguentado e um olho preto e inchado.

Seu cabelo estava no sujo no chão. A calça de pijama de flanela que ela vestiu no dia anterior estava cinzenta por causa da poeira que a sujou.

Ele e seu pai trocaram olhares, ambos temendo a mesma coisa. David baixou a mão até o pescoço dela e pressionou o indicador e o dedo médio em sua jugular.

"Ela está viva."

Jackson soltou um suspiro de alívio ao som das palavras de seu pai.

"Mas precisamos tirá-la daqui. Agora vou ligar para a polícia," disse David.

"Tudo bem," respondeu Jackson.

David se levantou e pegou o telefone. Jackson pegou a faca e cortou as amarrações dos pulsos e tornozelos de Reagan. Ele pendurou a arma nas costas, e em seguida, pegou-a nos braços e começou a se levantar.

"Sim, meu filho e eu precisamos de ajuda. Encontramos a garota que foi levada ontem. O nome dela é Reagan Nichols," disse David, de pé na luz, sorrindo do andar de cima. "Estamos em uma cabana..."

A voz de David parou, o estrondo ensurdecedor de um rifle ecoando pela sala. A bala disparada perfurou o corpo do pai de Jackson. David caiu no chão na base da escada.

Jackson se levantou vulnerável, segurando o corpo inconsciente de Reagan em seus braços, com sua arma pendurada atrás dele. Um par de botas imundas começou a descer as escadas. Jackson deu um passo para trás e olhou para seu pai. O sangue de David começou a ensopar sua camisa, o telefone ainda em sua mão. Henry pisou no chão de concreto, pegou o telefone e encerrou a ligação. Ele apontou a arma para Jackson, um sorriso se formando em seu rosto sujo.

"Sempre me perguntei como seria atirar no meu chefe," disse ele.

Jackson dava um passo para trás a cada passo que Henry dava para mais perto dele. Eventualmente, suas costas bateram na parede. Ele olhou para o rosto ensanguentado de Reagan, ainda inconsciente, então ergueu os olhos para Henry. A raiva que ele reprimiu foi transmitida através de sua expressão.

"O que foi, Jackson? Papai não pode trocar suas fraldas?"

"É melhor você rezar para que ele ainda esteja vivo," Jackson ameaçou.

"É melhor eu rezar, né? Você é meio engraçado quando está com raiva, garotinho. Sonhei com este dia," disse Henry. "Dia após dia, eu vejo sua bunda mimada andar para o trabalho como se você fosse o dono do lugar. Ah, é, o papai é o dono ."

"Ele te fez um favor," Jackson o lembrou.

"Dá um tempo. Ele não fez merda nenhuma. Vocês não se importam nem se eu existo."

"Então por que você ficou? Se é tão ruim, por que você ficou por aqui?"

"Porque eu sabia que seria a oportunidade perfeita para me vingar do tipo de pessoa que me tratou como lixo durante toda a minha vida. Estava apenas ganhando tempo," disse Henry.

Jackson mudou o peso do corpo para o outro pé. O corpo de Reagan estava começando a ficar pesado em seus braços já enfraquecidos.

"Que tal você colocá-la de volta onde ela pertence?" Henry sugeriu.

"Vá pro inferno," disse Jackson.

Henry o encarou de volta, com uma expressão vazia e sem alma. Então ele sorriu novamente. Ele pareci estar se divertido com os próprios pensamentos.

"Ela é muito bonita, não é? Uma mulher sexy. Não pense que não percebi. As curvas. Os lábios. O cabelo dela – tão macio entre meus dedos," Henry disse. O sangue de Jackson ferveu com as palavras horríveis. "Como você se sente sabendo que ela foi minha durante horas? Você não pôde fazer nada a respeito. Não tem ideia do que fiz com ela. Nunca vai saber. Não importa o que você faça, seja qual for a vida que eu permitir que você viva, você nunca vai se esquecer disso, não é? Deixe esse pensamento queimar suas entranhas, Jackson. Isso vai te comer vivo. E ela será minha para sempre."

Os braços de Jackson estavam dormentes, tremendo com o peso da massa e da gravidade. Sua adrenalina era a única coisa que lhe dava forças para continuar lutando. Ele permaneceu imóvel, inabalável e disciplinado.

"Eu vou te dizer mais uma vez... coloque-a no chão," Henry exigiu.

Jackson devolveu o sorriso maligno que Henry tinha.

"Por cima do meu cadáver," disse Jackson.

"O prazer é meu." Henry começou a levantar a arma em suas mãos, quando outro estrondo ecoou nas paredes de concreto.

O corpo de Henry desabou no chão.

Jackson olhou para seu pai. David estava apoiado de lado, a espingarda ainda na mão, e mirava firmemente em seu alvo. A explosão atingiu as costas de Henry e, com um suspiro final, seu rosto pousou no chão.

"Pai!" Jackson gritou.

"A arma. Pegue a arma dele," David gemeu, lutando para formar as palavras.

Jackson puxou a arma para longe do corpo dele com o pé, então se arrastou até seu pai. Ele gentilmente deitou Reagan no chão e se inclinou sobre o corpo de David.

"Pai," disse ele, enxugando as lágrimas do rosto.

"Estou bem," disse David. "Nem dói."

Jackson fungou e soltou uma risada. "Você realmente é a pessoa mais teimosa que eu conheço."

David sorriu de volta para ele. "Escute," seu pai disse a ele.

Jackson ergueu a cabeça e ouviu as belas sirenes. Ele nunca imaginou que ficaria tão feliz em ouvi-las.

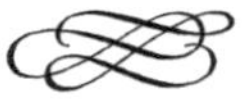

CAPÍTULO 18

Policiais invadiram a cabana com as armas em punho.

"Aqui embaixo!" Jackson gritou. "Socorro!"

Ele se agachou no chão, uma mão em seu pai e a outra em Reagan. Os policiais desceram as escadas como um furacão, a oficial Baker liderando o caminho. Eles se depararam com Jackson e seus entes queridos no fundo.

"Eles precisam de uma ambulância," disse Jackson, com as mãos cobertas pelo sangue do pai.

A policial Baker apertou o botão de seu rádio. "Envie uma segunda ambulância para 44 e 50, West Miller Road. Repito, precisamos de uma segunda ambulância na 44 e 50, West Miller Road." Ela olhou para o homem morto deitado do outro lado da sala e caminhou para verificar seu estado. Ela então se ajoelhou ao lado de Jackson, examinando as vítimas. "Jackson, eu..." Ela começou.

"Tudo bem. Eu deveria ter ligado para você mais cedo. Eu estava com tanta raiva que não pensei."

"Sem problemas. Vamos nos concentrar neles agora. Este é o seu pai?" Ela perguntou.

"Sim, o nome dele é David," respondeu Jackson.

"David, sou a oficial Baker. Você consegue ouvir?" Ele acenou com a cabeça em retorno. "Bom. Eu preciso que você aguente firme, ok? Os paramédicos descerão em um minuto para levá-lo ao hospital."

"Leva..." Ele começou, lutando para permanecer acordado. "Leva Reagan primeiro."

"Reagan está estável agora. Precisamos levar você primeiro, David."

Os paramédicos da primeira ambulância chegaram e David estava pronto para partir em um piscar de olhos. Eles pegaram as chaves que estavam penduradas no quadril de seu pai e entregaram a Jackson, então ele o abraçou mais uma vez antes que o carregassem para fora. A ambulância de Reagan apareceu pouco depois. Os paramédicos a colocaram na maca.

"Ela vai ficar bem?" Jackson perguntou.

"Ela não parece ter nenhum ferimento sério. Parece uma colisão feia na cabeça. Precisamos examiná-la, no entanto," o paramédico o informou.

"Tudo bem," respondeu ele. Ele se inclinou sobre o corpo de Reagan e tentou abraçá-la como era possível. "Vejo você em um momento, baby," disse ele.

Jackson a beijou, então recuou e saiu do caminho.

"Jackson, preciso de alguns minutos do seu tempo para fazer algumas perguntas antes que vá para o hospital," disse a policial Baker.

"Tudo bem."

"Comece com como você chegou aqui," disse ela.

"Patrick, um cara com quem trabalho, já esteve aqui para caçar. Henry disse a ele onde era. Liguei para ele mais cedo e perguntei como chegar aqui. Papai e eu pegamos as armas e saímos, esperando que a encontrássemos," ele respondeu.

"E Henry estava aqui quando você chegou?" Ela perguntou.

"Não. Não o vimos em lugar nenhum. Olhamos ao redor do lado de fora e percorremos todos os cômodos. Ele não estava em lugar nenhum. Demorou um minuto para encontrar a porta. Ele fez com que aquela gaiola a escondesse. Quando chegamos aqui,

Reagan estava no chão perto das prateleiras. Parecia que ela já estava lá há um tempo. Seus pulsos e tornozelos estavam amarrados. Ela..." Ele hesitou. "Ela tinha sangue no rosto."

"Está tudo bem," ela o confortou. "Sem pressa."

Ele enxugou o nariz e continuou. "Foi quando cortei as cordas dela e a peguei, e papai ligou para o 9-1-1. Ele estava ao telefone quando aquele psicopata atirou nele do topo da escada."

"Sim, a operadora relatou o tiro na ligação. Vá em frente."

"Henry desceu e desligou a ligação. Eu ainda estava segurando Reagan e ele tinha a arma apontada para mim. Ele insistiu para que eu a colocasse no chão e eu recusei," disse ele.

"E então?"

"Ele agiu como se fosse atirar em mim. Então papai nos salvou," Jackson disse a ela. "Ele salvou nossas vidas."

"Ele atirou em Henry?" Ela esclareceu.

"Sim. Henry achou que ele estava morto, eu acho. Ele nem imaginou."

Ela terminou de fazer anotações e sorriu para Jackson. "Isso é tudo que eu preciso agora, obrigada," ela disse a ele. Ele acenou com a cabeça em retorno. "Eu espero que eles estejam bem. Se você precisar de alguma coisa, me ligue," disse ela.

"Obrigado."

"Saia daqui," ela disse a ele, acenando em direção aos degraus.

Jackson não pensou duas vezes sobre seu conselho. Ele disparou escada acima, usando todos os outros degraus. O sol havia se posto ainda mais no céu, agora pairando sobre o horizonte, deixando um brilho laranja no oeste. Luzes azuis e vermelhas iluminavam as árvores, enquanto vários carros de polícia ainda estavam estacionados em frente à cabana. Jackson subiu no banco do motorista da caminhonete de seu pai e saiu por entre as árvores que arranhavam o carro.

~

No hospital, Jackson estacionou a caminhonete no primeiro lugar que encontrou e correu em direção às portas da sala de emergência. Ele irrompeu no saguão, com falta de ar. A mulher atrás do balcão da frente olhou para ele com preocupação, enquanto ele tentava recuperar o fôlego.

"Duas pessoas..." ele começou, respirando fundo novamente. "Duas pessoas acabaram de ser trazidas aqui. Uma era uma mulher. Reagan Nichols. O outro era um homem chamado David Holloway, com um ferimento à bala. Existe alguma maneira de eu poder vê-los?"

"O senhor foi para a cirurgia. Vai demorar um pouco até que você possa vê-lo," disse a mulher. Ela estudou a tela do computador por um momento. "Reagan ainda está sendo examinada. Se você quiser se sentar, eu te aviso assim que você puder vê-la. Ok?"

"Muito obrigado," respondeu ele. "E meu pai, David?"

"Não tenho certeza de quando isso acontecerá. Quando terminarem a cirurgia, ele irá para a recuperação. Certamente podemos informá-lo quando ele puder receber visitas."

"Ok. Obrigado."

Jackson foi até a cadeira mais próxima e se sentou. Uma mulher ruiva estava sentada com uma menina, em um banco em frente a ele. A menina, não tinha mais do que sete anos, olhou para Jackson com medo em seus olhos. Ela agarrou o braço da mulher e sussurrou algo em seu ouvido.

"Eu não sei, querida. Não olhe," disse ela à garota.

Jackson olhou para si mesmo. A camisa que ele usava desde o dia anterior estava manchada com o sangue das duas pessoas mais importantes de sua vida. Sua calça jeans estava suja e salpicada de marrom. Ele virou as mãos, as palmas ainda vermelhas. Era óbvio para ele por que a garota estava com medo. Ele parecia a vítima de um filme de terror. Jackson olhou para a garota e sorriu.

"Estou bem," ele a tranquilizou.

"O que aconteceu?" A garota perguntou relutantemente. Sua

mãe colocou a mão nas costas da menina e pediu desculpas a Jackson.

"Está tudo bem," ele assegurou a mulher. "Bem, algumas pessoas da minha família se machucaram."

"Eles estão bem?" A garota perguntou.

"Sim. Eles vão ficar bem agora," ele respondeu. A menina sorriu. "Eu provavelmente deveria ir me trocar, hein?"

"Boa sorte para você. Espero que estejam bem," disse a mulher.

"Obrigado," respondeu ele. Jackson se levantou e voltou para o balcão. "Uh, vou para casa e me limpar um pouco, mas já volto."

"Tudo bem," respondeu a mulher, sorrindo para ele.

Jackson voltou para fora e olhou para o relógio. Estava quase escuro agora. Ele caminhou sob o brilho dos postes de luz, de volta à caminhonete. De repente, ele percebeu que ninguém sabia o que havia acontecido ainda. Ele entrou, conectou seu telefone e ligou para os pais de Reagan.

"Olá?" Bárbara respondeu.

"Sra. Nichols, é o Jackson. Eu queria que você soubesse que encontramos Reagan."

Bárbara começou a soluçar do outro lado da linha. "Ela está bem?" Ela finalmente perguntou.

"Sim, ela está bem. Ela está no hospital. Mas ainda não posso visita-la."

"Oh! Graças a Deus. Muito obrigada," ela disse a ele. "Tim! Tim, eles a encontraram. Ela está no hospital."

"Oh meu Deus. Louvado seja Jesus," disse Tim ao fundo.

"Jackson, você é um anjo," Bárbara disse a ele.

"Me desculpe por ter demorado tanto," Jackson disse a ela.

"Querido, não diga isso. Você é um salvador. Estaremos aí assim que pudermos, ok?" Ela disse a ele.

"Ok. Ela está em Newbrook Baptist. Estou correndo para casa para me trocar, mas já volto."

"Certo, querido. Muito obrigada. Você nunca saberá o quanto isso significa para nós."

"Qualquer coisa que eu puder fazer, você me diz."

"Ok, querido. Certifique-se de cuidar de você também. Tudo bem?" Bárbara o lembrou.

"Eu vou."

"Nos veremos em breve," ela terminou.

Jackson desligou e ligou imediatamente para Jen e, em seguida, Donna. Quando terminou de informa-las, já havia entrado em casa e estava escolhendo roupas novas para vestir. Ele desligou o telefone quando terminou e ligou o chuveiro. Jackson fechou os olhos e ficou na água quente, deixando o calor trazer a vida de volta ao seu corpo. A água, embora límpida quando pousou em sua pele, se tornou rosa na ponta de seus dedos. Depois de quase dez minutos no banho, ele vestiu roupas limpas, sentindo-se completamente renovado. Quando ele saiu, pegou seu carro, ainda estacionado torto na frente da casa.

No caminho de volta para o hospital, decidiu que deveria ligar para o irmão, para informá-lo do ocorrido. Ele tinha muito que explicar, já que Dallas ainda não sabia que alguma coisa havia acontecido.

"Olá?" Dallas respondeu.

"E ai, como vai?" Jackson perguntou.

"Não muito. Apenas as temíveis provas finais que se aproximam. O que aconteceu?" Dallas riu por um segundo. "Acho que nunca tinha telefonado numa quarta-feira à noite."

"Na verdade, eu preciso te dizer uma coisa. É uma longa história."

"Ok..." Dallas disse.

"Bem, ontem, um dos homens do trabalho pegou Reagan," Jackson começou.

"Pegou ela?" Dallas perguntou.

"Sim. Pegou ela direto de sua casa. Desculpe, não liguei antes. Foi um dia louco," disse ele.

"Você está falando sério?"

"Eu gostaria de não estar."

"Quem diabos sequestra uma pessoa?" Dallas perguntou em frustração.

"Um doido!" Jackson exclamou. "De qualquer forma, acabou agora."

"O que aconteceu?"

"Bem, eu tinha uma boa ideia de onde ela estava, então papai e eu fomos buscá-la. Então Henry apareceu e atirou no papai..."

"O quê? Papai levou um tiro?" Dallas gritou.

"Sim. Ele está em cirurgia. Estou voltando para o hospital agora," disse Jackson.

"Oh meu Deus. Ele vai ficar bem?"

"Eu acho que sim. Não tem como saber muito até que me digam algo."

"Ok, estou indo. Vou pra lá," Dallas disse a ele.

"Tudo bem, estarei no hospital," Jackson disse a ele.

"Batista?"

"Sim. Não sei onde ele vai estar quando você chegar aqui, então me ligue quando chegar."

"Ok. Reagan está bem?" Dallas perguntou.

"Ela deve estar. Ela está com um ferimento na cabeça. Ela está sendo examinada. Ela foi nocauteada."

"Caramba, sinto muito, cara. Isso é horrível."

"Eu sei. Está me matando," respondeu Jackson.

"Espere, o que aconteceu com o cara, o que atirou nele?" Dallas perguntou.

"Estou feliz que o perguntou," disse Jackson. "Depois que ele atirou em papai, ele apontou a arma para mim e Reagan. Então papai o atingiu nas costas."

"Ele está morto?"

"Ele morreu, cara."

"Muito bem, pai!" Dallas gritou.

"Ele salvou o dia. Eu estaria morto se não fosse por ele," disse Jackson.

"Isso é tão louco."

"Tudo bem, estou quase de volta. Eu vou descer aqui."

"Ok, vou sair daqui em um minuto e ligo para você quando eu chegar à cidade," Dallas disse.

"Ok, vejo você em breve." Jackson desligou o telefone enquanto colocava o carro no estacionamento.

Ele caminhou de volta para o pronto-socorro, quase irreconhecível em comparação com sua aparência da primeira vez. A mesma mulher estava sentada no balcão.

"Posso te ajudar?" Ela perguntou.

"Sim, eu esperava verificar Reagan Nichols e David Holloway," disse ele.

"Ah, sim. Vamos ver," disse ela ao consultar no computador. "David saiu da cirurgia e está em recuperação."

"Ótimo," disse ele.

"E parece que Reagan está no quarto 240 se você quiser ir vê-la."

"Sim! Obrigado." Ele se virou para ir embora, em seguida, voltou. "Espere, como vou saber quando poderei ver meu pai?"

"Se você quiser me dar seu número, farei uma anotação aqui para que liguem para você quando ele estiver pronto," disse ela.

"Sim, pode ser," respondeu ele. "Obrigado."

Ela anotou o número do telefone dele, tentando acompanhá-lo enquanto ele pronunciava os dígitos com pressa. Ele agradeceu a ela uma última vez, então caminhou o mais rápido possível pelo corredor, até encontrar a placa certa. Isso o direcionou para o grupo de números de sala que ele precisava.

Jackson atravessou as portas duplas, entrando em uma sala gigante. As luzes estavam todas fracas, exceto no posto de enfermagem no meio. Quartos individuais estavam alinhados no perímetro. Ele começou para pela esquerda, lendo o número em cada placa. 237, 238, 23... e, finalmente, 240. Ele passou pela porta aberta.

Reagan estava coberta e ligeiramente elevada na cama no meio do quarto. A única coisa o permitindo ver o ambiente era uma luz na parede e o monitor que exibia seus sinais vitais.

Depois de toda a pressa que teve para chegar lá, ele agora tinha o impulso de diminuir o ritmo. Por mais doloroso que fosse, ele ficou ao pé da cama por um momento, absorvendo a visão diante de si. Seus pés, cobertos pelas meias fornecidas pelo hospital, se projetavam para fora das cobertas. Camadas de lençóis finos e brancos cobriam seu corpo, que havia sido vestido com uma camisola. Eles haviam puxado o cabelo dela para trás e enfaixado as lacerações em seu rosto. Havia duas feridas; uma à esquerda, onde ele a havia golpeado, e outra à direita, onde seu rosto havia batido no chão. Hematomas escuros circundavam seu olho esquerdo.

Ele puxou uma cadeira para perto dela e segurou sua mão.

"Reagan," ele sussurrou. Uma lágrima escorreu por sua bochecha direita. Ele enxugou o rosto e falou novamente. "Reagan."

Seu rosto se contraiu um pouco quando ela começou a responder à voz dele. Ela abriu os olhos lentamente e olhou para a intravenosa à sua esquerda. Jackson apertou um pouco a mão dela e ela virou a cabeça na direção dele.

"Jackson," ela disse.

Ele beijou a mão dela. "Sim, baby."

"Você me encontrou," ela sussurrou.

Ele acenou com a cabeça, lutando para formar palavras. "Nós encontramos. Papai me ajudou."

"Obrigada. Diga a ele que eu disse obrigada."

"Eu irei," Jackson prometeu.

"O que aconteceu? Só me lembro dele me batendo," disse Reagan.

"Eu terei que explicar isso mais tarde. Eu quero que você descanse agora."

"Onde ele está?" Ela perguntou. Seu olhar estava preocupado.

"Você não precisa mais se preocupar com ele," disse a ela.

Ela fechou os olhos ao som de sua declaração. "Mamãe e papai sabem?"

"Eu liguei para eles. Eles estão a caminho."

"Eles ficarão arrasados quando me virem assim."

"Sim, é muito difícil," respondeu ele.

"Eu vou ficar bem, querido," ela o confortou. "Trabalho. E o trabalho?" Ela perguntou.

"Eles sabem. Jen também sabe. Tenho certeza que estarão aqui em breve. E Dallas está vindo."

"Aww, ele não precisa fazer isso," ela respondeu.

"É que..." Jackson começou. Ele tentou esconder sua expressão, mas não teve sucesso.

"O quê? O que foi?"

"Dallas está vindo para ver você, mas ele também está vindo para ver o papai."

"Seu pai? O que aconteceu?" Ela perguntou, tentando se sentar.

"Shhh," ele disse, esperando mantê-la calma. "Tudo bem."

"O que aconteceu com seu pai?" Ela repetiu.

"Ele se machucou, só isso," disse a ela. Ela olhou para ele, esperando que ele terminasse. "Tudo bem, talvez ele tenha levado um tiro. Mas ele vai ficar bem," ele acrescentou, antes que ela pudesse reagir. "Ele também está aqui."

"Você precisa ir vê-lo. Estou bem. Por favor, vá vê-lo," ela insistiu.

"Ainda não posso. Eles vão me ligar quando ele estiver fora da recuperação. Além disso, espero que você receba alguns outros visitantes antes de eu sair para visita-lo," disse ele.

"Como nós," Jen disse da porta. Donna estava atrás dela, já em lágrimas.

Reagan olhou para sua amiga e sorriu. "Ei, garota," ela disse.

Jen olhou para Reagan com uma carranca. "Senhor, querida. Você está bem? Desculpe, sei que é uma pergunta óbvia, mas você está?"

Reagan deu uma risadinha. "Sim. Além de uma dor de cabeça, me sinto muito bem." Ela olhou para Donna, que chorava ao lado de Jen. "Tudo bem. Venha aqui," Reagan disse, acenando para ela.

Donna se abaixou e a abraçou. "Oh, eu estava tão preocupada com você."

"Eu sei, mas está tudo bem agora," disse Reagan, enquanto ela acariciava as costas de Donna.

Donna se levantou e enxugou os olhos. "Olhe para você, tentando me fazer sentir melhor. Eu deveria estar fazendo *você* se sentir melhor."

"Você está, apenas por estar aqui," Reagan disse a ela.

O telefone de Jackson começou a vibrar. "Alô?" Ele respondeu.

"Oi. Meu nome é Carey. Eu sou a enfermeira do seu pai. Eu queria que você soubesse que ele foi transferido da recuperação para um quarto."

Jackson trocou olhares com as garotas no quarto. Todas devem estar se perguntando a mesma coisa. Ele se levantou e saiu para encontrar a voz que ouvira do lado de fora da porta. A enfermeira do posto ainda estava com o telefone no ouvido.

"Ótimo, qual quarto? Estou indo vê-lo," Jackson disse a ela, com o telefone ainda na mão e um sorriso no rosto.

A enfermeira parecia muito confusa. "Ele está bem aqui no 243," disse ela.

"Está tudo bem, os dois estão comigo," ele disse a ela. Jackson olhou de volta para o quarto. "Eu já volto, ok?"

"Ok, querido," disse Reagan.

Ele caminhou até o quarto de seu pai. David ainda estava dormindo por causa da anestesia. Jackson se aproximou de sua cama e olhou para as bandagens no ombro de seu pai. Ele não pôde deixar de pensar na sorte de seu pai por não ter sido atingido um pouco mais baixo.

"Oh, pai. Não posso acreditar que te arrastei para isso," disse Jackson. "Lamento não ter dado ouvidos a você e chamado a polícia. Se eu simplesmente tivesse te ouvido, você não estaria aqui agora. Olhe para mim, sempre te chamando de teimoso. Eu preciso me olhar no espelho."

Uma batida sutil na porta chamou a atenção de Jackson.

"Desculpe incomodá-lo, senhor. A Srta. Nichols perguntou se ela poderia ver o Sr. Holloway por um momento," a enfermeira disse a ele.

Jackson sorriu e balançou a cabeça. "Por que não estou surpreso? Ela não consegue ficar parada. Posso ajudá-la se você quiser," ele ofereceu.

"Na verdade, tínhamos outra coisa em mente," disse a enfermeira com um sorriso. Ela moveu seu olhar para a cortina bloqueando o outro lado do quarto.

"Nós podemos?" Jackson perguntou.

"Com certeza podemos," disse a enfermeira.

"Sim, isso é ótimo!" Ele exclamou. "Desculpe, saiu mais alto do que eu planejei."

"Está tudo bem. Bem, vamos fazer com que ela seja transferida então," ela disse a ele, antes de sair.

O telefone de Jackson começou a vibrar novamente. Ele olhou para ele e respondeu. "Ei, Dallas."

"Ei, estou quase aí. Papai está bem?"

"Sim, ele está fora de recuperação."

"Para qual quarto eu preciso ir?"

"243," Jackson disse a ele.

"Tudo bem, vejo você em um minuto."

"Ok, estaremos aqui," disse ele.

Jackson ficou fora da sala com Jen e Donna, enquanto a enfermeira movia Reagan para seu novo espaço. Todos pareciam muito mais relaxados, agora que sabiam que ela ficaria bem. Dallas se uniu ao grupo a tempo de se juntar a Reagan no quarto.

"Jen, Donna, este é meu irmão, Dallas," Jackson disse. "Dallas, estas são Jen e Donna," ele falou a eles respectivamente.

"Prazer em conhecê-las," Dallas disse.

Jen olhou para Reagan, silenciosamente dando a expressão 'nada mal'.

Reagan murmurou as palavras: "Ele está comprometido" em troca, rindo do otimismo de sua melhor amiga, apesar da situação.

Embora já passasse das dez horas, nenhum deles parecia nem remotamente cansado. Depois de tudo que haviam passado, Jackson e Reagan ainda estavam bem acordados. Donna ofereceu comida a eles, e eles não hesitaram em aceitar.

"Aposto que seus pais estarão aqui em breve," disse Jackson.

"Que bom. Espero que estejam bem. É tarde para eles," disse ela.

"Se não chegarem em breve vou ligar e ver onde estão," respondeu ele.

David virou a cabeça depois que seu filho falou. "Jackson?"

"Pai. Estou aqui. Dallas também está aqui."

"Reagan está bem?" Seu pai perguntou imediatamente.

Jackson, que estava sentado entre eles, saiu do caminho para que seu pai pudesse ver. "Que tal você mesmo perguntar a ela?"

"Reagan. Olhe para você. Parece que você está bem," David disse a ela.

"Eu me sinto ótima, na verdade. Graças a vocês."

"Que bom. Isso é ótimo," respondeu ele. David olhou para todas as pessoas no quarto e sorriu.

Jackson estudou a expressão de seu pai. "O quê?"

"Nada. Eu só estava pensando, deve haver um lugar melhor para a gente fazer uma festa. "

CAPÍTULO 19

Depois de discutir a ideia com seu pai, Jackson e Reagan decidiram que realmente havia um lugar melhor para todos eles passarem um tempo juntos. Quando o fim de semana do Memorial Day chegou e todos estavam recuperados do trágico incidente, David ajudou a organizar seu churrasco dos sonhos. . Tim e Bárbara foram até a cidade para passar o fim de semana. Dallas estava lá, detinha acabado de terminar seu primeiro ano de faculdade. E por último, mas não menos importante, Jen e Donna também foram convidadas.

O tempo previsto para o dia da reunião era de impecáveis vinte seis graus, com nada além de sol. David e seus filhos ficaram sentados no pátio durante grande parte da manhã, enquanto o ar úmido e frio começava a esquentar sob o sol. Os pais de Reagan ficaram com ela no apartamento. Todos se arrumaram para o dia e, em seguida, atravessaram a cidade para os Holloways.

Reagan abriu caminho pela porta da frente. "Toc Toc. Chegamos," ela gritou pela casa.

"Bom dia," Jackson respondeu de fora.

Bárbara olhou para o pátio. "David, isso é lindo. Você tem uma casa tão linda," ela disse a ele.

"Obrigado, eu agradeço," respondeu ele.

"Vocês todos estão lindos. Estou tão feliz que você esteja se sentindo melhor," Bárbara acrescentou.

"Uau, eu também," disse David.

"Trouxemos alguns biscoitos. E eu fiz uma salada," Bárbara disse a ele.

"Obrigado. Parece ótimo," disse ele.

"Mãe, é só trazer eles aqui," Reagan gritou da cozinha.

"Oh, ok, querida."

Tim saiu para o pátio e apertou a mão do homem a sua frente. "Ótimo lugar," disse ele a David.

"Obrigado, senhor. Estou feliz que vocês tenham vindo," David respondeu.

"Eu também. Não viajamos por um fim de semana há muito tempo."

"Bem, relaxe. Espero que goste de churrasco. Tem um pouco de frango e costelas marinando na geladeira," David disse a ele.

"Parece ótimo. Mas eu realmente gostaria de lhe dar uma mão. Me avise como posso ajudar," Tim insistiu.

"Claro. Vamos acender a grelha aqui daqui a pouco," respondeu David.

Tim começou uma conversa com Dallas, e Jackson se levantou e entrou. Reagan e sua mãe ainda estavam na cozinha, organizando um pouco da comida para o churrasco.

"Venha sentar," Jackson disse a elas. "Vocês estão trabalhando demais."

"Estamos quase terminando," Reagan disse a ele. "Só queria deixar tudo já preparado."

"A que horas Donna e Jen vêm?" Ele perguntou a ela.

"Donna deve chegar logo. A única razão pela qual ela não estava aqui ao nascer do sol é porque ela queria esperar que eu chegasse antes," Reagan respondeu com uma risada. "Eu acabei de dizer a ela que estava aqui, então tenho certeza que ela está a caminho. Hum, Jen ia ficar na loja por algumas horas, eu acho, e depois vai vir para cá."

Jackson olhou pela janela da frente. "Acho que Donna acabou de chegar, na verdade."

"Oh legal," disse Reagan. Ela correu até a porta e a abriu, esperando sua amiga subir a calçada.

"Meu carro está em um lugar bom?" Donna perguntou a ela.

"Sim, está bom. Todos nós estacionamos na garagem para que você e Jen terem espaço," Reagan a tranquilizou. "Entre."

Donna entrou. "Aqui está a salada de batata. Eu mesma fiz. É a receita favorita da minha mãe," anunciou com orgulho.

"Obrigada, parece delicioso. Eu amo salada de batata," disse Reagan.

"Oh, eu também," disse Barbara.

"Dá pra acreditar como está lindo lá fora?" Perguntou Donna.

"Eu sei, é incrível," Reagan concordou. Ela encontrou um lugar para a salada de batata na geladeira já cheia. "Você quer sentar lá fora? Colocamos algumas cadeiras extras para todos ao redor da fogueira."

"Não tem que me perguntar duas vezes," disse Donna.

As meninas foram até o pátio e sentaram juntas no balanço.

"É bom ver você de novo, Donna. Que bom que você veio," disse David. "Temos refrigerante e água no refrigerador azul e cerveja no vermelho. Sirvam-se," anunciou aos convidados.

"Obrigada. Acho que vou esperar um pouco mais antes de pegar uma cerveja," respondeu Donna.

Os homens continuaram a conversa sobre o potencial do time de beisebol Reds naquela temporada. Naturalmente, aquele seria o ano deles. Bárbara e Donna admiraram as blusas uma da outra, cada uma morrendo de vontade de saber onde a outra havia feito compras. Reagan sorriu. Ela não tinha certeza se era o ar quente da primavera ou o conforto da família e amigas. Mas ela sabia naquele momento que tudo parecia estar bem.

∽

Cerca de uma hora depois, Jen ligou para Reagan para que ela soubesse que estava a caminho.

"Tudo bem, nos vemos em breve," Reagan disse a ela, antes de desligar.

"Bem, acho que é uma boa hora para acender a grelha," disse David. Ele entrou para pegar o frango e as costelas, depois voltou e acendeu o fogo. "Essa salada de batata parece incrível," disse ele.

"Ora, obrigada, David," disse Donna.

Um a um, ele colocou os pedaços de carne nas grades e fechou a tampa.

"Pai, onde trabalharemos na próxima semana?" Jackson perguntou.

"Primeira rua. Trabalho residencial. Nada muito difícil," respondeu David.

"Tudo bem, legal," disse Jackson.

"Há quanto tempo você é dono de sua empresa?" Bárbara perguntou.

"Vamos ver," disse David, contando para si mesmo. "Cerca de vinte e um anos agora," respondeu ele.

"Isso é ótimo. Aposto que isso exige muita dedicação e muito trabalho," disse ela.

"Você está certa." Ele abriu a tampa para verificar a carne. "É bom, claro, porque ter sua própria empresa te dá controle sobre muitas coisas. E você é seu próprio chefe. Mas às vezes, acompanhar os caras e ter toda a responsabilidade pode ser exaustivo. Um movimento errado e pode terminar tão rápido quanto começou."

"Isso é verdade. Não consigo imaginar," disse Bárbara.

O som da porta do carro de Jen batendo pôde ser ouvido na frente. Reagan se levantou.

"Eu vou buscá-la."

Jackson olhou para seu pai por um segundo, então sorriu para Reagan. Ela olhou para David, que rapidamente se virou para encarar a grelha. Então ela olhou para Jackson e sorriu em hesitação.

"Eu já volto," ela disse a ele, tentando ler a expressão em seu rosto.

Ela caminhou pela casa e abriu a porta. Os nós dos dedos de Jen ainda estavam erguidos em preparação para bater.

"Uau, bem na hora," disse Jen.

Reagan riu. "Eu ouvi você chegar. Vamos, estamos todos curtindo no pátio."

"Dallas está aqui?" Jen sussurrou.

"Sim, mas eu disse que ele está comprometido," Reagan respondeu, sorrindo.

"Tudo bem. Só me dá algo para olhar," Jen disse a ela.

"Você me mata," Reagan disse a ela. "Ok, vamos lá." Ela liderou o caminho, com Jen logo atrás dela.

"Ei, aí está ela," disse David. "É bom ver você."

"Da mesma forma. Muito obrigada por me convidar. E isso tem um cheiro incrível," Jen acrescentou.

"Obrigado, querida. Espero que tenha um gosto incrível também," respondeu ele.

Reagan e Jen sentaram perto da fogueira.

"Você estava ocupada esta manhã?" Reagan perguntou a ela.

"Na verdade, não. As pessoas tinham coisas melhores para fazer, eu acho. Elas agem como se tivessem vidas ou algo assim," Jen brincou.

Jackson se levantou. "Já volto," disse ao grupo.

Ele olhou para Reagan antes de passar por ela, outro sorriso infantil em seu rosto. Sua mão roçou seu ombro, então ele abriu a porta de tela e entrou.

"Ooo, o que foi isso?" Jen perguntou a Reagan, cutucando-a no braço.

"Eu não faço ideia. Ele está todo sorrisos hoje," disse Reagan.

"Bem, não há nada de errado com isso," Jen disse a ela.

David virou a carne novamente, marinando-a enquanto passava. Barbara e Donna continuaram a conversar como se se conhecessem desde sempre. Jackson voltou para a porta de tela depois de alguns minutos. Ele parou por um momento e olhou para o pátio, cheio de familiares e amigoss. Depois de uma inspiração profunda e uma expiração lenta, ele voltou para fora. Em vez de voltar para sua cadeira, porém, ele se aproximou e ficou ao lado de seu pai na churrasqueira. Eles trocaram algumas palavras calmas, então Jackson se virou para encarar o grupo.

"Ei, uh, primeiro eu só quero agradecer a todos por terem vindo. Vocês não tem ideia de como ele fica feliz em poder fazer isso," disse ele, apontando para o pai.

David encolheu os ombros.

"De qualquer forma, queríamos ter a oportunidade de reunir todos para saborear esta comida excelente e, enfim, aproveitar a vida. Mas, pessoalmente, quero dizer o quão importante todos vocês foram para nós – para mim, para Reagan e para o papai. Significou muito para nós ter o seu apoio durante todas as merdas que aconteceram." Ele parou por um segundo antes de falar novamente. "Bem, eu também precisava de todos vocês aqui para comemorar outra coisa... esta mulher incrível na minha frente." Jackson olhou para ela agora. Seu coração batia forte no peito. "Reagan, eu não sei se eu poderia vir com palavras suficientes ou as palavras certas para dizer o quanto eu te amo. Eu com certeza não consigo imaginar a vida sem você. Por aquele dia, aquele dia terrível, não pude falar com você, sentir sua cabeça no meu ombro, ver você pintar seus quadros, ou olhar seu lindo rosto. Eu não sabia o que fazer. Eu não consegui comer. Dei mais passos do que a maioria das pessoas provavelmente dá em uma semana."

Reagan enxugou as lágrimas de seu rosto. O resto das mulheres já estava fazendo o mesmo.

"Ouça," disse Jackson. Ele caminhou até ela e se ajoelhou. "Eu amo você. Eu te amo tanto que não posso..." Ele parou, curvando a cabeça.

"Não chore," ela disse, passando os dedos pelos cabelos da nuca dele. "Eu também te amo, Jackson."

Ele olhou para ela com olhos vermelhos e bochechas

molhadas. "Quero me casar com você," ele deixou escapar. Ele abriu a mão esquerda, segurando o anel na palma suada.

Reagan levou ambas as mãos ao rosto, surpresa com o que ele estava fazendo.

"Desculpa," disse ele. "Eu não estou tentando te pressionar ou forçar. Eu sei que não estamos juntos há muito tempo. Podemos esperar um pouco, se..."

"Sim," ela o interrompeu. "Sim."

Ele a envolveu em seus braços e a segurou com força. Tudo ficou em silêncio por apenas um momento, até que Barbara e Donna não puderam mais conter sua empolgação.

"Essa foi a coisa mais doce do mundo," disse Bárbara.

"Eu sei," respondeu Donna.

Reagan e Jackson sorriram um para o outro, depois olharam para as mulheres no balanço e começaram a rir. As duas estavam abraçadas como duas adolescentes em uma comédia romântica. Jen estava assoando o nariz. O rosto de David estava iluminado, mas ele ainda conseguia cuidar da churrasqueira com perfeição. E mesmo Dallas tinha um sorriso de orelha a orelha, o que, consequentemente, Jen parecia gostar.

"Isto é para você," Jackson disse a ela. Ele finalmente deslizou o anel no dedo de Reagan.

Ela olhou para o anel com admiração. "É tão lindo. Jackson..."

"Foi o melhor consegui," respondeu ele.

"É perfeito," disse ela.

Jackson sorriu. "E agora... passamos nossas vidas juntos."

CAPÍTULO 20

Reagan pegou um lenço de papel e o entregou à filha. Emma olhou para sua mãe, enxugando os olhos com o lenço de papel na mão.

"Você está bem?" Reagan perguntou a ela.

"Sim, eu me sinto péssima," Emma disse a ela. "Eu sou uma filha terrível. Você deve me odiar."

"Não, querida. Não diga isso. Eu nunca poderia te odiar. Eu te amo mais do que você imagina. Você é minha filha, eu faria qualquer coisa por você."

"Exatamente. Você é tão amorosa e atenciosa. Não importa o quão horrível eu seja, você nunca parece se frustar comigo. Como você pode ser assim... legal?" Emma perguntou.

Reagan riu. "Bem, para começar, você é minha filha. Como eu disse, eu te amo."

"Mas às vezes sou tão horrível."

"Não, eu não acho você horrível. Acho que você é uma jovem de dezesseis anos que está começando a crescer e a descobrir quem é. Não é uma idade fácil," Reagan a encorajou.

"Obrigada, mãe." Emma mexeu nos dedos por um minuto, como se estivesse segurando o que queria dizer.

"O que foi?" Reagan perguntou.

"Nada. Eu... eu estava me perguntando..." Emma hesitou.

"Você quer me perguntar sobre o que aconteceu?"

"Sim. Mas não temos que falar sobre isso se você não quiser."

"Está tudo bem, você pode me perguntar," Reagan disse a ela.

"Eu só queria saber... aquele cara... ele tentou..." Emma parou.

"Ele nunca me tocou. Não desse jeito."

"Ok." Emma enxugou os olhos novamente. "Ok, ótimo." Reagan acariciou as costas da filha, na esperança de dar a ela pelo menos um pouco de conforto.

"Você devia estar com tanto medo," Emma continuou.

"Fiquei apavorada, especialmente no início. Então me lembro de ter ficado com raiva. Talvez o mais zangada que já estive na minha vida. Sentir que alguém poderia tentar me controlar ou roubar minha vida. Foi enfurecedor," disse Reagan. "Mas está tudo bem agora. Ainda estou aqui. Eu ainda tenho minha vida. Eu tenho você e tenho seu pai. E sempre vou agradecê-lo por isso. E seu avô também. Pelo risco que correram para salvar minha vida. Eu nunca esquecerei isso."

Emma acenou com a cabeça, então desviou o olhar de sua mãe novamente. Reagan estudou sua expressão, tentando descobrir o que sua filha estava pensando, mas não quis dizer.

"Mãe, você estava certa. Quando você disse que Evan é arrogante e controlador, você estava certa. Odeio isso nele, mas também o amo. Não sei o que devo sentir."

"O que o seu instinto está lhe dizendo?" Reagan perguntou.

"Eu não sei. Quer dizer, acho que sei, mas não quero aceitar," respondeu Emma. "Eu fico pensando, talvez se ele crescer um pouco, vai mudar."

"Ah, mas você não pode fazer isso. Não importa o quanto você pense ou espere que ele mude, você não pode esperar isso dele. Evan é Evan, assim como você é você. Ouça seu instinto, geralmente está certo," Reagan a aconselhou. "Se houver alguma dúvida ou sentimento ruim, tudo bem..."

"Eu sei," Emma murmurou.

"E tenho certeza que você não quer ouvir isso de sua mãe, porque é algo que todas as mães dizem, mas você é tão jovem. Você tem toda a sua vida pela frente. Pense em todas as coisas incríveis que você ainda verá e fará. Você tem dois anos de escola pela frente. Tempo com amigos. Bailes. Jogos de futebol para assistir. E antes que você perceba, você estará se formando, e você pode ser muitas coisas. Você pode ir atrás de uma vida que ame." Reagan parou por um momento, tentando encontrar uma maneira de ir direto ao ponto. "Escute, Emma. Se você e Evan estão destinados estar ficarem juntos, então vocês ficarão. Você saberá. Apenas tente não perder todas as coisas divertidas enquanto isso, ok?"

"Ok, mãe," disse Emma. "Eu amo você."

"Eu também te amo, querida." Reagan olhou para o relógio dela. "É melhor você se arrumar. Ele provavelmente estará aqui em breve."

"Sim. Quer saber? Talvez eu vá ver um filme com Samantha. Há um filme romântico que ela está morrendo de vontade de ver. Acho que vou ligar para ela e ver se ela quer ir," disse Emma.

"Parece divertido, mas, por favor, não mude seus planos por causa de qualquer coisa que eu disse," Reagan disse a ela.

"Eu não vou. Na verdade, ela me perguntou primeiro e eu me sinto mal porque disse a ela que estava ocupada. Além disso, ele vai entender, certo?" Emma perguntou.

"Isso mesmo," Reagan concordou. "Espere, vou pegar dinheiro para você." Ela caminhou até seu quarto e abriu a bolsa para pegar a carteira de dentro. Ela a levou de volta para fora e entregou cinquenta dólares a Emma. "Aqui, isso deve ser mais do que suficiente para você assistir o filme, comprar lanches, o que você quiser."

"Obrigada, mãe." Emma abraçou a mãe e ligou imediatamente para Samantha para perguntar se ela ainda queria ver um filme. Depois de alguns minutos, ela desligou o telefone. "Ela está tão animada. Eu vou pegar minha bolsa." Emma exclamou.

Ela caminhou para seu quarto com uma nova energia em seus passos. Reagan sorriu com a emoção de Emma. Já fazia um tempo desde que sua filha parecia tão ansiosa para passar um tempo com uma de suas amigas. Emma voltou para a sala de jantar e parou diante de sua mãe.

"Como estou?"

"Você está ótima," Reagan disse a ela. "Divirtam-se."

"Nós vamos. A que horas você me quer em casa?" Sua filha perguntou.

"Meia-noite," Reagan disse a ela.

"Ok," Emma respondeu. Ela abraçou a mãe novamente. "Obrigada," disse ela com sinceridade.

"De nada, querida. Agora vá se divertir," disse Reagan.

"Tudo bem, tchau." Emma saiu correndo pela porta.

Reagan observou sua filha sair da garagem, então ela se virou e foi para o quintal. Ela encontrou Jackson agachado próximo ao jardim.

"O que você está fazendo aqui?" Ela perguntou a ele.

Ele estava de joelhos, onde a grama encontrava o solo do jardim.

"Oh, pegando esses tomates. Eles estão crescendo loucamente. O que vamos fazer com todos eles?"

"Acho que é melhor você começar a enlatá-los," disse ela. "Só estou brincando. Tenho certeza que posso encontrar pessoas que gostariam de alguns."

"Emma saiu?" Ele perguntou.

"Sim. Só você e eu. Tem alguma ideia para o jantar?" Ela perguntou a ele.

"Que tal pizza e um filme," ele sugeriu.

"Isso parece ótimo, na verdade," Reagan concordou.

"Tudo bem, vou entrar e me limpar," disse ele.

Ela ligou para a pizzaria familiar que ficava na mesma rua e pediu a pizza especial, sem os pimentões e as cebolas, é claro.

Jackson colocou suas roupas confortáveis e se aninhou ao lado de Reagan no sofá para esperar o jantar.

"Então, que tipo de filme você quer assistir?" Ela perguntou a ele.

"Hmm, não importa para mim. Mas nada muito triste," disse ele.

"Eu concordo," disse ela, verificando as opções.

"Eu ouvi você conversando com Emma antes," Jackson disse.

"Sim, pensei que seria um bom momento para termos uma conversa franca."

"Ooo," ele respondeu com uma careta. "Como foi isso?"

"Eu fiquei um pouco surpresa. Foi muito bom," ela disse a ele. "Um pouco ruim no início, mas, no final, acho que ela ouviu o que eu estava tentando dizer a ela."

"E o que era?" Ele perguntou.

Reagan sorriu para Jackson, então respondeu. "Que ela pode ser quem é, para aproveitar cada momento, e para nunca deixar ninguém tirar o que ela tem."

Caro leitor,

Esperamos que você tenha gostado de ler *Tudo O Que Não Sou*.
Reserve um momento para deixar uma crítica, mesmo que curta.
A sua opinião é importante para nós.

Atenciosamente,

Sara Mullins e Next Chapter Team

BIOGRAFIA

Sara mora no sul de Indiana com o marido e três filhos. Ela recebeu o título de Bacharel em Biologia pela Purdue University e gosta de passar o tempo ao ar livre. Quando não está acampando ou passeando de barco com a família, ela adora expressar sua criatividade por meio da escrita, fotografia e pintura.

Tudo O Que Não Sou
ISBN: 978-4-82411-235-4

Publicado por
Next Chapter
1-60-20 Minami-Otsuka
170-0005 Toshima-Ku, Tokyo
+818035793528

9 novembro 2021